二見文庫

深夜の回春部屋

睦月影郎

目次

淫ら老人日記

第一章　二階の母娘

1

（このままで、良いのだろうか……）

山田昭平は、自分の人生を振り返って思った。

八十歳になってから、最近とみにそう思うようになった。

妻の春枝が病死して二年、商社マンである一人息子の良雄は妻子とともにアメリカで暮らしている。

昭平は借金もないので、蓄えと年金で死ぬまで安楽に暮らせることだろう。

財産は、ここ都下郊外にある五十坪の土地と二世帯住宅の家だ。

もっとも良雄一家が出ていってしまったので、空いている一世帯分には、かつて部下だった未亡人と、その娘が暮らしている。

昭平は昭和十五（一九四〇）年生まれ、物心ついてからは正に名前の通り、戦後の昭和と平成を生き抜いてきた。

大学を出て電機会社に入り、高度成長の波に乗って働きづめの毎日を暮らし、酒はそこそこ、ゴルフも賭け事もやらず、浮気もせず数回の風俗体験だけで七十過ぎまで社に貢献した。

家のローンを返済して息子も独立し、退職して悠々自適となり、何か趣味でも探そうと思った矢先に春枝が倒れ、病人の世話をする日々を過ごした。

春枝の死には呆然としたが、あれから二年、ようやく自分の終活を考えるようになったのである。

身体はいたって健康、気持ちも若いままだが、毎日散歩と読書ぐらいで、あとはテレビを観て過ごしている。何かスポーツでも始めようかと思うが、自分が思うほど身体はついてこないだろう。

思えば、何かにチャレンジした経験はなく、仕事もそつなくクリアしてきただけ、単に言われた仕事をこなしてきただけだった。

社を離れれば、今までの経験が生かせる先などなく、これから何か冒険すると
いっても不可能だろう。

（八十歳か……）

人生を無我夢中で走り抜けて、気がついたら自分の年齢に愕然とした。

どう考えても、老人ではないか。

もっとも今の老人は若いから、八十歳でも「お爺さん」などと呼ぶのは失礼であろう。

昭平だって、自分をお爺ちゃんと呼んで良いのは一人、孫娘だけだ。

しかし昔は、「村の船頭さん」という童謡があった。

（村の渡しの船頭さんは、今年六十のお爺さん……）

そう、昔は六十でお爺さんだったのだ。

公務員の定年は五十五歳だったたし、職場から引退すれば、そこから余生だったのである。

とにかく昭平は、このまま何もせず死を迎えることに疑問を持ちはじめていたのだった。

（しかし、自分に何が出来るのか。いや、何がしたいんだろう……）

昭平は、あれこれと思いを巡らせてみたが、何も思い浮かばなかった。やってみたいことは、スポーツでもカルチャーセンターでも全くないではないが、いざ始めようという気力が湧かないのである。いかに自分の人生が仕事一筋で、家庭のことは春枝任せだったか、ということが思い知らされた。

春枝とは職場結婚で、それまでの昭平は風俗経験のみで、素人女性と付き合ったことはなかった。

結局、一男に恵まれただけで、あとはいくら致しても子は出来ず、結局春枝も子育てに専念するようになると夜の交渉は疎くなり、最後にしたのは五十代半ばぐらい、それすら数年ぶりであったろうか。

やはり共に暮らしていると、愛情や愛着は高まるのと逆に、何やら肉親感覚ばかり強くなって性欲は衰えてしまうものなのだった。

もちろん他の女性に性欲は湧いたが、手を出す勇気などなく、最後のオナニーも還暦ぐらいではなかったか。

あれから二十年も、昭平自身は排泄の用を足すだけの道具となっている。

朝方に勃起することはあっても、射精衝動に至ることはなく、しなければしないで生きられることを身体が覚えてしまったのだろう。

(それでも、してみたい……)

昭平は、そう思うようになっていた。

春枝の死から二年、他の女性としても許されるのではないだろうか。世の中には、亭主の浮気で泣き続ける女性がいるのだから、それに比べれば罰は当たらないだろう。

だが、こんな老人にさせてくれる女性がいるとも思えない。

今さら風俗へ行って、結局出来ずにすごすご帰ってくるのは嫌だ。

そう、挿入射精が目的なのではなく、女性と戯れてみたいのである。

(相手は、二階の母娘だったら良いのだが……)

昭平は、何気なく天井を見上げた。

この二世帯住宅に住んでいるのは、鈴木百合子という四十四歳の未亡人。

そして二十歳になる由美という娘が、一度結婚したものの赤ん坊を連れて出戻ってきていた。

百合子は昭平の勤める電機会社にパートで来ていて、何かと面倒を見てやったものだ。

そして百合子は彼の部下と結婚し、昭平は生涯でたった一度だけ仲人をしてやった。

しかし夫は若くして病死し、しばし百合子は子供とともに実家で暮らしていたが親が死ぬと借家を出され、それで昭平が空いた部屋へ招いてやったのだった。

由美は高校を出てすぐ結婚したが、働かないダメ男に愛想を尽かして離婚、女の子の赤ん坊とともに戻ってきた。

だから二階には、赤ん坊を含め親子三代の女が住んでいる。

もちろん玄関もキッチンも別々で、内部には互いに行き来できるドアが一つあるきりで、百合子や由美は、何かと一人になった昭平を気遣って総菜などを持ってきてくれた。

家賃は格安だが、百合子はスーパーのパートに出て、由美も子供を預けながら保育所で働いていた。

母娘とも美人だが、百合子は亡夫を思って一人を続け、若い由美もしばらくは男に懲りているようだから、まず他の男が二階に上がるようなことはなかった。

昭平は、二階から母娘の物音がするたび、無意識に耳を澄ませるようになっていた。

たまに赤ん坊の泣き声もするが、大人しい子でそれほど夜泣きもしなかった。

二階から水の音がすると、ああ、風呂だな、とか、トイレかなと思い、二階の構造は知っているので、その真下に行って、何やら下から覗いているような気分に浸ることがあった。

すると、老いたペニスがムクムクと鎌首を持ち上げるのである。

(何だ、元気じゃないか……)

彼は思い、ペニスを露出して何十年ぶりかに指でしごいてみたが、結局射精にいたる前にやめてしまった。

そんなある日、とうとう昭平は淫らな衝動に駆られ、二世帯の間にあるドアを開け、鈴木家へ侵入してしまったのだった。

日頃からドアは施錠していないし、二人とも出勤したあとだから、夕方まで帰ってくることはない。

もちろん施錠されていないのは信頼されているからであり、こんな行動を起こすのは初めてのことである。

胸を高鳴らせながらドアを開けると、そこは玄関があるだけだ。

母娘のサンダルが置いてあり、昭平は思わず手に取って嗅いでしまった。

指の当たる部分にはうっすらと変色があるが、特に蒸れた匂いはなく、そっと舌を這わせても汗や脂の味わいは感じられなかった。

元あった位置に置くと、彼は手すりに摑まりながら、ゆっくり階段を上がっていった。

こんなところで転げ落ちて死んだら、親切な老人というイメージは一瞬で吹き飛び、不法侵入の変態として母娘の心に残ってしまうだろう。

二階に上がると、そこはキッチンとリビングだ。感じられる甘ったるい匂いの大部分は、赤ん坊のものだろう。

息子夫婦が住んでいた頃より整頓され、キッチンもバストイレも清潔で、慎ましやかな母娘の暮らしが窺われた。

リビングはテレビとテーブル、もう一部屋の六畳間は布団が畳まれ、ベビーベッドがあった。あとは洗濯物干し用のベランダがあるだけだ。

本当は母娘の枕でも嗅ぎたいところだが、押し入れを開けて何かどさどさと落ちてきたら、修復に手間取る。

とにかく、こうして忍び込んだだけで胸は張り裂けそうに高鳴り、緊張に息が震え、彼の股間は痛いほど突っ張っていた。

あまりいじって不審に思われては困るので、彼はどこにも触れることなく、トイレに入ってみた。シャワー付きの洋式、この便座に座るのは美しい母娘のみ。

昭平は便座に頬ずりしてみた。隅にある汚物入れを開けてみたが空だった。

トイレを出ると、彼は最大の目的であった脱衣所の洗濯機に迫った。

蓋を開けると、まだ洗濯前の衣類や下着が入っていた。洗濯するのは、二人どちらかの休日だけである。

ブラウスを引っ張り出すと、それは百合子が着ていた記憶のあるものだった。

昭平は巨乳の百合子を思い浮かべながらブラウスの胸に顔を埋め込み、腋の下にも鼻を押し付けて嗅いでしまった。

2

（ああ、熟れた未亡人の匂い……）

昭平は甘ったるい体臭で胸を満たしながら、思わず浮かんでしまう部下の男の顔を打ち消し、百合子の汗の匂いに専念した。

甘美な悦びが胸いっぱいに広がり、さらに彼は由美のものらしいシャツの腋も嗅いだ。そして百合子のパンストや由美のソックスの爪先に沁み付いた、蒸れた匂いも貪った。

母娘だけあり、二人の匂いは実に良く似ていた。

女性全般が似たような匂いなのかも知れないが、何しろ他を知らないので、これは彼にとって目眩(めくるめ)く初体験だった。

いよいよ二人のショーツを手にした。

豊満な百合子のものがやや大きめで、由美のものは、丸めると手のひらに納まるほど小さなもので、どちらも柔らかな手触りだった。

百合子のものを広げて裏返し、股間の当たる部分を見ると意外なほど清潔で、ガッカリすると同時に幻滅しなくて済んだ。

クロッチ部分には僅かに食い込みのシワがあり、レモン水でも垂らしたような淡い変色があり、抜けた恥毛も肛門の当たる部分の汚れもなかった。

それでも鼻を埋めて嗅ぐと、繊維に沁み込んだ秘めやかな匂いが鼻腔を悩ましく刺激してきた。

(これが、百合子さんの匂い……)

昭平は感激に胸を震わせながら匂いを貪り、由美のショーツも観察した。

こちらは若いぶん代謝も活発なようで変色があり、蒸れた汗の匂いに混じり磯の香りに似た刺激が感じられた。

（まだ二十歳の、バツイチの匂い……）

昭平は思春期の頃のように激しく勃起しながら、母娘の匂いに噎せ返った。

そして二人の匂いを充分に記憶に焼き付けてから、触れた痕跡を残さないよう慎重に洗濯機に戻し、蓋を閉めた。

もう一度侵入したあとがないか確認して見回し、やがて彼は注意しながら階段を下り、ドアを閉めて自分の住居に戻ったのだった。

興奮は覚めやらず、彼はベッドに横になり、ペニスを露出してしごいてみた。

しかし、やはり射精までいく勇気がなく、そのうちペニスも萎えてしまった。

まだ鼻腔には母娘の匂いが残っているが、やはり物がないと絶頂には到らないのだろう。まさか下着を持ってきてしまうわけにもいかないし、また戻しに行くのは億劫だった。

それに、握ったまま死んでいたらこれも恥ずかしいことだし、最後の射精がオナニーというのも情けない。

結局、彼は呼吸を整えてから萎えたペニスをしまい、仰向けのまま匂いを思い出しながら、いつしか眠ってしまったのだった……。

「おじさま、まあ、どうしたの？」

声がして目を覚ますと、もう日が傾き、帰ってきた由美が彼の顔を覗き込んでいた。

もう赤ん坊は二階へ運んで寝かしつけたらしく、彼女は土産のおかずを持ってきてくれたのだった。

「あ、ああ……、少しだるくてね……」

昭平は、下着を嗅いでしまった後ろめたさからバツが悪く、少し弱々しい声で答えた。

由美は彼のことを、おじさまと呼んでくれている。お爺さまじゃなくて良かったと思い、そう呼ばれることが彼は嬉しかった。

「まあ、大変」

由美は言って彼の額に手を当ててくれた。

彼女が近づくと、ふんわりと甘ったるく生ぬるい汗の匂いが漂った。今日は暑く、しかも働いて動き回ってきたばかりだから、匂いは実に濃厚だった。

さらに由美の口から吐き出される、可愛らしく甘酸っぱい息の匂いも鼻腔をくすぐってきた。それはまるで、イチゴかリンゴでも食べた直後のようにかぐわしく、悩ましい刺激だった。

汗の匂いは昼間ブラウスの腋で嗅いだが、やはり生身から発する匂いは実に新鮮で、吐息は初めて感じる匂いだった。

二十歳の由美はショートカットで笑窪が魅力の美女、上で赤ん坊に乳でも飲ませた直後なのか、第二ボタンまで外れたままで、母親似で豊かな膨らみの谷間が覗いていた。

「お熱はないわね。でもこんな格好で寝ていたら風邪ひくわ」

由美が言い、柔らかな手のひらを額から離すと、ボタンを外してシャツを左右に開いた。

「汗かいてるわね。拭いてから、ちゃんとパジャマ着て寝るといいわ。タオルはどこかしら」

「洗面所の、上の扉に」

具合など悪くないのだが、あまりに献身的な由美に感動し、もっとそばにいてもらいたかった彼は、言葉に甘えて答えていた。

するとと彼女もすぐに部屋を出て、洗面所からタオルを持って戻った。

その間に、昭平はやっとの思いといったふりで身を起こしてシャツを脱ぎ去りズボンも脱いで下着一枚になった。

彼は朝風呂の習慣があるし、昼食後の歯磨きも念入りにしているので、それほどの異臭もないだろう。

由美は甲斐甲斐しくタオルで彼の全身を拭いてくれ、昭平は身を任せながらムクムクと勃起してきてしまった。

すると、由美がそれに気づいて目を丸くした。

「まあ、おじさま、まさか興奮している？」

「だ、だって、こんな若くて綺麗な子に優しくされるの初めてだから……」

昭平は答え、何やらあのまま眠って夢でも見ているような幸福感に包まれた。

もちろん夢ではなく、これは現実だった。

「ちゃんと勃つのね。見てもいい？　どうせ全部拭くのだから」

由美が好奇心を湧かせたのか、目をキラキラさせて言い、ためらいなく彼の最後の一枚を下ろしてしまった。

（え……？）

昭平は、由美の大胆さに驚きながら、心の準備も整わないうちに脱がされた。

勃起したペニスがバネ仕掛けのように雄々しく、ぶるんと弾けて屹立した。

「すごいわ、こんなに元気だなんて……」

由美が息を呑み、彼は自分でもあまりの勃起ぶりに驚いていた。やはり妄想や下着の匂いだけでなく、生身がいると興奮も格段に違い、しかも二十歳の熱い視線をペニスに受けるだけで果てそうだった。

由美はペニスもタオルで拭いてくれ、ときにそっと幹をつまんで右に左に移動させながら、内腿から陰嚢（いんのう）の方まで拭いてくれた。

「ああ、気持ちいい……」

昭平はうっとりと喘ぎ、身を任せながらヒクヒクと幹を震わせた。

由美も、彼から見ればまだ少女の面影さえ残す二十歳だが、それなりに快感も男の仕組みも知っているバツイチだし、保育所で幼児の身体を拭いてやることもあって慣れているようだ。

「さあ、綺麗になったわ。これでゆっくり寝られると思うけど、そうでもなさそうね……」

彼女は、ますます硬度を増すペニスを見て言った。何やら、甘えれば何かしてくれそうな雰囲気である。

「ね、少しでいいから添い寝して……」

「え？　いいですけど……」

昭平が言うと、由美は少し戸惑いながらも答え、やがてそっと隣に身を横たえてくれた。

「こうして」

彼は言い、由美の片方の腕をくぐり、腕枕してもらった。

まさか自分の人生で年齢差六十歳、五回りも年下の娘の胸に抱かれる日が来ようとは夢にも思わなかった。

「ああ、何だか変な気持ち……」

由美は言ったが、それほど嫌そうではない。

以前から彼を母親の恩人と思い、日頃から優しい昭平に好意ぐらいは抱いていたのだろう。

もっとも、それは恋愛感情や性欲とは全く違うもので、一種頼りになる親戚のおじさんといった感情に違いない。それでも今は、由美も彼の勃起したペニスに触れ、少しずつ好奇心が湧いてきたようだった。

そして由美は、細かなことに拘らない天然系で、いつもふんわりした春の空気に包まれているような雰囲気を持っていた。

彼は柔らかなブラウスの膨らみに頬を押し付け、ほんのり湿った腋の下に鼻を埋め込んで嗅いだ。甘ったるい汗の匂いが生ぬるく鼻腔を掻き回し、うっとりと彼は酔いしれた。

「あん、汗臭いでしょう……」

嗅いでいるのを知った由美が身じろいで言うと、さらに甘酸っぱい息の匂いが鼻腔を刺激してきた。

「これ欲しい……」

昭平が、恐る恐る豊かな胸の膨らみに触れて言うと、柔らかな感触と温もりが伝わってきた。

「おじさまって、甘えん坊さんだったの？」

由美が果実臭の吐息で熱っぽく囁き、すぐにもボタンを外してくれ、ブラウスを開いてくれた。ブラは、授乳しやすいようなフロントホックで、それを外すと内側には母乳パッドが当ててあった。

たちまち、張りのある膨らみが弾けるように露わになり、さらに甘ったるい匂いが濃厚に漂った。

見ると、濃く色づいた乳首の先端には、ポツンと大粒の白濁した雫(しずく)が浮かび上がっていた。

やはり由美から発する匂いは汗ばかりでなく、母乳の成分が多いようだ。

それにしても豊かな膨らみで、濃い乳首と乳輪の色合いも艶めかしく、肌に淡く透ける静脈も実に色っぽかった。

(これが、二十歳の娘の乳房……)

昭平は興奮しながら思い、吸い寄せられるようにチュッと含み、生ぬるい雫を舐め取って吸い付いた。

3

「あん……」

由美がビクリと反応して喘ぎ、それでも彼の顔を優しく胸に抱いてくれた。

しかし、いくら吸ってもなかなか新たな母乳が滲んでこない。色々試して吸い付き、ようやく唇で乳首の芯を強く挟み付けて吸うと、生ぬるく薄甘い母乳が心地よく舌を濡らしてきた。

夢中になって喉を潤すと、甘美な悦びと甘ったるい匂いが濃厚に胸に広がっていった。

「まあ、飲んでるの？　美味しい？」

「うん……」

由美が言い、彼は吸い付きながら頷いた。

吸うばかりでなく、たまにチロチロと舌を這わせると、

「あう……」

由美が呻き、クネクネと身悶えながらも、さらに分泌を促すように自ら膨らみを揉みしだいた。

出が悪くなると、心なしか膨らみの張りが和らいだように感じられた。

赤ん坊の分がなくなるといけないので、彼はもう片方の乳首を含み、すっかり要領を得て吸いながら、生ぬるい母乳を味わった。

「アア……」

由美が熱く喘ぎ、いつしか我を忘れて仰向けになり、すっかり身を投げ出していた。

昭平も左右の乳首を味わいながらのしかかり、さらに乱れたブラウスの中に潜

り込み、生ぬるい汗にジットリ湿った腋の下にも鼻を埋め込んで嗅いだ。スベスベの腋にも、濃厚に甘ったるい汗の匂いが籠もり、嗅ぐたびに刺激が鼻腔からペニスに伝わってきた。

「ね、脱がせてもいい?」

身を起こし、彼女のパンツに指をかけると、由美は拒むどころか腰を浮かせてくれたので、昭平は下着ごと引き脱がせてしまった。

剝き卵のように滑らかなナマ脚が露わになり、さらに彼は両のソックスも脱がせた。

そのまま屈み込み、二十歳の足裏に顔を押し付け、踵から土踏まずに舌を這わせてしまった。縮こまった指の間に鼻を割り込ませて嗅ぐと、そこは汗と脂に湿り、ムレムレの匂いが濃く沁み付いていた。

若い美女の足の匂いを貪ってから、爪先にしゃぶり付いて順々に指の股に舌を挿し入れて味わうと、

「あん、駄目、汚いから……」

由美がビクッと脚を震わせて喘いだが、拒みはしなかった。

彼は桜貝のような爪をしゃぶり、両足とも全ての指の間の味と匂いを貪り尽く

してしまった。

彼女以上に、昭平も夢の中にいるように朦朧となり、そのまま脚の内側を舐め上げ、ムッチリした内腿をたどって股間に顔を迫らせていった。

「アア……」

大股開きにされ、中心部に彼の熱い視線と吐息を受けると、由美が羞恥に声を洩らした。

ぷっくりした丘には楚々とした恥毛がひとつまみほど煙り、丸みを帯びた割れ目からはヌラヌラと露を宿す花びらがはみ出していた。

そっと指を当てて陰唇を左右に広げると、中は綺麗なピンクの柔肉で、子を生んだばかりの膣口が、花弁状の襞を息づかせていた。

ポツンとした尿道口もはっきり確認でき、包皮の下からは小指の先ほどもあるクリトリスが、真珠色の光沢を放ってツンと突き立っていた。

女性器を、こんなにもしげしげと見るのは初めてである。春枝は、新婚の頃から潔癖症で風呂上がりの清潔なときしか触れさせてくれなかったし、寝室も常に暗かったのだ。

もう我慢できず、昭平は彼女の股間に顔を埋め込んでいった。

柔らかな恥毛に鼻を擦りつけて嗅ぐと、洗濯物のショーツで感じた汗とオシッコの匂いがさらに濃く籠もり、それにほのかな磯の香りも混じって、悩ましく鼻腔を刺激してきた。

匂いに酔いしれながら舌を挿し入れると、淡い酸味のヌメリが迎え、彼は膣口の襞を掻き回し、ゆっくり味わいながらクリトリスまで舐め上げていった。

「あぁッ……!」

由美がビクッと顔を仰け反らせて喘ぎ、内腿でムッチリと彼の両頬を挟み付けてきた。

昭平はもがく腰を抱え込んで押さえながら、チロチロと執拗にクリトリスを舐め、新たに溢れるヌメリをすすった。

さらに彼女の両脚を浮かせ、白く丸い尻の谷間に迫った。

ピンクの蕾は、出産で息んだ名残なのか、僅かにレモンの先のように突き出た艶めかしい形をしていた。

鼻を埋めると、顔中に弾力ある双丘が密着し、汗の匂いに混じった秘めやかな微香が籠もり、鼻腔を刺激してきた。

充分に胸を満たしてから舌を這い回らせ、濡らした蕾にヌルッと潜り込ませ、滑らかな粘膜を探った。そこは淡く甘苦い味覚で、彼は内部で小刻みに舌を蠢かせた。

「あう、ダメ……」

由美が呻き、キュッときつく肛門で彼の舌先を締め付けた。

こんな行為は、春枝にも風俗嬢にもしたことがなく、昭平は初めての体験で自分の大胆さに驚いていた。

もちろんシャワーを浴びる前でも、少しも不潔感はなく、むしろ美女のナマの味と匂いに触れられることが大きな悦びだった。

ようやく舌を引き離して脚を下ろしてやり、昭平は再び割れ目のヌメリをすすり、クリトリスに吸い付いた。

さらに指を濡れた膣口に潜り込ませ、小刻みに内壁を擦り、天井のGスポットも指の腹で圧迫した。体験はないが、たまに読む官能小説で女体の仕組みは分かり、してみたかったことを一つ一つクリアした。

「アア……、い、いっちゃう……！」

たちまち由美が、舌と指の刺激に声を上ずらせ、白い下腹をヒクヒクと波打たせた。

なおもクリトリスを舐め回し、中で指を蠢かせていると、

「ダメ、アアーッ……！」

由美が声を上げ、ガクガクと狂おしいオルガスムスの痙攣を開始した。

風俗嬢は元より、春枝でさえ明確な絶頂の瞬間を見たことはなかったので、彼はその凄まじさに圧倒される思いだった。

大量の愛液が噴出してシーツまで濡らし、

「も、もういい……！」

それ以上の刺激を避けるように、由美が切羽詰まった声で言いながら、彼の顔を股間から追い出してきた。

ようやく昭平も舌を引っ込め、指を離して股間から這い出た。

そして添い寝し、荒い呼吸を繰り返し、ヒクヒクと痙攣している彼女が平静に戻るのを待った。

その間もペニスは萎えることなく、まるで初体験を迎える少年のように幹が期待に震えていた。

「ああ……、すごく気持ち良かったわ……、舐められていっちゃうなんて……」

やがて由美が、息も絶えだえになって言った。

「今までも、舐められていったことないの？」

「あんなに丁寧に舐められたの初めてだから……、それに足の指やお尻の穴までなんて……」

訊くと、由美が荒い息遣いで答えた。

では別れた亭主は、足や尻など舐めず、クンニも簡単に済ませるようなダメ男だったようだ。もっとも昭平ですら初めてで、このようなことは春枝にしていないのである。

「ああ、力が入らないわ。まだ中がヒクヒクしている……」

由美が言い、それでもだいぶ呼吸が落ち着いてきたようだ。

「それより、おじさま身体は大丈夫？　あんなに一生懸命にしてくれて……」

「うん、少しでいいから、オチ×チンを唾で濡らして。朝お風呂に入って綺麗にしてあるから」

昭平は仰向けになり、思いきって言ってみた。

「私はお風呂も入ってないから、匂わなかったかしら……」

するとと由美は恥じらうように答えながら、ノロノロと身を起こし、大股開きになった彼の股間に腹這いになり、顔を寄せてきてくれたのだった。

4

「すごいわ、ずっと勃ちっぱなし……」

股間から由美が言い、熱い視線と息を感じたペニスがヒクヒクと上下した。

そしてチロチロと舌を這わせはじめてくれたのだ。

昭平にしてみれば、しゃぶるのが嫌なら上から唾液を垂らして濡らしてもらうだけでも良かったのである。

しかも何と彼女は、まず陰嚢から舐めはじめたのだ。

恐らく、前夫の好みだったのではないか。それがすっかり由美の習慣になっているようで、昭平は軽い嫉妬とともに、由美の内部にある男の影を感じて興奮を高めた。

その興奮は、自分は別れた前夫などより、ずっと好感を持たれているのだという誇らしさのようなものである。

由美は陰嚢に舌を這わせ、熱い鼻息で幹の裏側をくすぐりながら、二つの睾丸を転がしてくれた。

これも実に心地よい、実に新鮮な体験であった。風俗でもしてもらったと思うが、今の方が感激が最大級だった。

袋全体が生温かな唾液にまみれ、彼がせがむようにヒクヒクと幹を震わせると由美も舌を引っ込めて前進してきた。

清らかな唾液に濡れた舌先が、ペニスの裏側をゆっくり舐め上げ、たまにチラと由美が目を上げて彼の様子を見た。

舌が先端まで来ると、彼女はそっと指で幹を支え、粘液が滲んでいるのも厭わず、チロチロと尿道口を舐めてくれた。

「ああ……」

昭平は夢のような快感に喘ぎ、恐る恐る股間を見た。

すると目が合い、由美は悪戯っぽく肩をすくめて笑みを洩らし、そのまま張り詰めた亀頭にしゃぶり付いてきた。

さらにスッポリと喉の奥まで呑み込み、付け根近い幹を口で丸く締め付けて吸い、口の中ではクチュクチュと舌がからみついてきたのである。

「アア、気持ちいい……」

彼は喘ぎ声を洩らし、美女の温かく濡れた口の中で幹を震わせた。

「ンン……」

由美も深々と含んで熱く鼻を鳴らし、息で恥毛をそよがせ、清らかな唾液でペニス全体をどっぷりと浸してくれた。

そして小刻みに顔を上下させ、スポスポと濡れた口で摩擦してくれたので、これも前夫への愛撫で慣れた行為のようだった。

昭平は、まるで全身が縮小し、美女のかぐわしい口に含まれて舌で転がされ、唾液にまみれているような錯覚に陥り、急激に絶頂が迫ってきた。

「い、いきそう……」

息を詰めて言うと、すぐに由美がチュパッと軽やかな音を立てて口を離した。

「大丈夫？　入れてもいいですか？」

由美が股間から言うので、願ってもない彼は危うく漏らしそうになった。

「う、上から跨いで入れて……」

そう答えると、由美は身を起こして前進し、そろそろと彼の股間に跨がってきた。そして自らの唾液に濡れた先端に割れ目を押し当て、位置を定めると息を詰め、ゆっくり腰を沈み込ませていった。

たちまち、屹立したペニスがヌルヌルッと滑らかに、肉襞の摩擦を受けながら呑み込まれた。

「アアッ……！」

由美がビクッと顔を仰け反らせて喘ぎ、やがて根元まで受け入れると完全に座り込み、ピッタリと股間を密着させてきた。

（とうとう一つになった。まだ出来るんだ……）

昭平も大きな快感と感激に包まれ、このまま死んでも良いような気にさえなった。それにしても、股間に美女の重みと温もりを受けるというのは、何という悦びであろうか。

じっとしていても、膣内は息づくような収縮が繰り返されていた。

彼女は何度かグリグリと股間を擦り付けるように動かしてから、やがて身を重ねてきた。

昭平も下から両手でしがみつき、全身で彼女を受け止めた。

「膝を立てて下さい……」

由美が囁き、彼も両膝を立ててムッチリした尻を支えた。

「ね、ベロを出して……」

昭平が囁くと、彼女もすぐにチロリと舌を伸ばしてくれた。

彼は舌を触れ合わせ、生温かな唾液に濡れて滑らかな感触を味わった。するとも由美も、そのままピッタリと唇を重ね、チロチロと舌をからめてくれたのである。

まさかこの歳になって、二十歳の娘とディープキスできるなど何という感激であろう。

昭平は快感に任せ、思わずズンズンと股間を突き上げはじめた。

「アア……」

由美が口を離して熱く喘ぎ、合わせて自分も腰を動かしてきた。

熱く湿り気ある吐息が、甘酸っぱく彼の鼻腔を刺激してきた。

嗅ぐたびに胸が悦びに満たされ、急激に若返る気持ちとともに、彼はそのまま昇り詰めてしまった。

「い、いく……！」

昭平は口走り、何十年ぶりの快感に貫かれながら、熱い大量のザーメンをドクンドクンと勢いよくほとばしらせた。

「あう、熱いわ、気持ちいい……！」

噴出を感じた途端に彼女が口走り、ガクガクと狂おしい痙攣を開始したのだ。

どうやらオルガスムスに達したようで、さっき舌と指で果てた絶頂より、大きな快感が得られたようだった。

収縮が高まり、彼は摩擦と温もりのなか、心ゆくまで快感を嚙み締め、最後の一滴まで出し尽くしていった。

射精など何十年もしなかったのに、ちゃんと製造されていたのだ。しかも今まで一番大量で、少々尿道口に詰まるような感覚もあったので、やはり定期的にしなければいけなかったのだと思った。

すっかり満足しながら徐々に突き上げを弱めていくと、

「ああ……」

いつしか由美も肌の硬直を解き、やはり満足げに声を洩らしてグッタリともたれかかっていた。

まだ膣内は息づくような収縮が繰り返され、刺激されるたび過敏になった幹がヒクヒクと内部で跳ね上がり、

「あう、ダメ、感じすぎるわ……」

由美もすっかり敏感になったように呻き、幹の震えを押さえるようにキュッときつく締め上げてきた。

昭平は完全に力を抜いて美女の温もりと重みを受け止め、かぐわしい果実臭の吐息を胸いっぱいに嗅ぎながら、うっとりと快感の余韻に浸り込んでいった。

「大丈夫ですか……？」

「うん……」

さすがに負担が大きかったのではと由美が気遣って囁き、彼も呼吸を整えながら頷いた。

そして激情が過ぎ去ると、昭平は大変なことに思い当たった。

「あ、中で出してしまったけど……」

「平気です。ピル飲んでいるから」

言うと由美が答え、彼は安心した。どうやら避妊のためではなく、生理の調整のために服用しているようだった。

やがて由美がそろそろと身を起こし、枕元のティッシュを手にし、それを割れ目に押し当てながら股間を引き離した。

そして手早く処理すると、愛液とザーメンに濡れたペニスも甲斐甲斐しく拭き清めてくれた。

「あ、ありがとう……」

「ええ、驚きました。こんなに気持ち良くいけるなんて」

身を任せながら礼を言うと、由美も上気した顔で笑いかけて答え、後悔もないようなので彼も安心したものだった。

「たまにでいいから、またお願いできるかな……」

思いきって言うと、由美も快く頷いてくれた。

「ええ、おじさまの身体が大丈夫なら、私もお願いします」

「そう、年中は無理と思うけど、また近々。あ、お小遣いあげよう」

「要りません。私も良かったのだから。でもママには絶対内緒に」

「うん、もちろん」

昭平が言うと由美は身繕いをし、彼にパジャマも着せて布団を掛けてくれた。

そして持って来た食材を冷蔵庫に入れると、やがて二階に戻っていった。

その足音を聞きながら、

(出来たんだ。二十歳の娘と……)

まだ治まらぬ動悸を感じながら、彼は大きな悦びと感激の中で思った。

5

「山田さん、具合が悪いのですって？」

夜、帰宅した百合子が来て、ベッドに横になっている昭平に言った。由美から聞いたのだろう。

実は夕方起き、由美が持ってきたオカズを電子レンジで温め、夕食を済ませて再び横になったところで、実にタイミングが良かった。もう今夜は、テレビも見ずに早寝し、由美の思い出に浸ろうと思っていたのである。

「ああ、少し怠かっただけで、明日には良くなっていると思うよ」

「それなら良いけれど、どうか無理しないで下さいね」

百合子が言い、彼はことさらに弱々しいふりをしながら美しい顔を見上げた。

四十四歳の熟れ盛り、昭平より三回り下の色白豊満な未亡人だ。

セミロングの黒髪に、由美に良く似た整った顔立ち。笑窪も同じで、ブラウスの胸ははち切れそうに豊かな膨らみを弾ませている。

そして彼女も、由美がしたように柔らかな手のひらをそっと彼の額に当て、

「熱はないようですね。明日は私お休みだから、一緒に病院へ行って診てもらいますか？」

彼女は優しく言って手を離した。

考えてみれば、これほど近くから百合子の顔を見るのも初めてで、昭平は甘い体臭と、ほんのり花粉のような刺激を含んだ吐息を感じてまた勃起してしまった。

（うう、もっと嗅ぎたい……）

熱烈に思って胸を高鳴らせながら、

「たぶん大丈夫だけど、明日の気分で……」

そう答えていた。

「ええ、じゃ明日の朝また来ますね。何時頃がいいですか」

「じゃ、九時半頃に」

「分かりました。じゃゆっくり休んで下さいね」

百合子は言い、まさか昼間娘の由美と昭平がセックスしたなど夢にも思わず、そのまま二階へ戻っていった。

昭平は、横になったまま百合子の熟れた残り香を貪りながら、出戻ったばかりの由美より、後家の百合子は何年もの間、もっともっと欲求が溜まって飢えているのではないかと思った。

恐らく同室で寝ている由美に知られないよう、こっそり自分で慰めることもあるのだろう。

それに由美が感じやすく濡れやすかったので、恐らく百合子も同じ体質ではないかと期待を高めた。

そして彼は、由美の感触や匂いを思い出しながら、いつしか眠ってしまったのだった……。


——翌朝、早くに目覚めた昭平は顔を洗い、テレビのニュースを見ながら総菜を温めて朝食を済ませ、朝風呂に浸かりながら念入りに歯を磨いた。

間もなく二階では、由美が赤ん坊を連れて出勤する物音がし、残った百合子が洗濯を始めたようだ。昨日こっそり嗅いだ二人分のブラウスも下着も、洗われていることだろう。

やがて彼は、再びベッドに横になって待機した。

そして九時半、約束通り百合子が来てくれた。

「おはようございます。気分はどうですか」

「ああ、朝ちゃんと起きて飯を済ませたんだ。念のため横になっているけど、医者は行かなくて大丈夫」

「そう、良かったわ。お洗濯しますから、そのパジャマも脱いで下さいね」

百合子は言い、手を差し伸べてそっと彼を起こした。

実は、そう言ってくれることを予想し、昭平は風呂上がりにも昨夜から着ていたパジャマを再び着たのである。

ボタンを外すと彼女が脱がせてくれ、さらにズボンも引き脱がされた。

百合子も最初からそのつもりなのか、二階からタオルも持ってきてくれていた。

下着一枚で横になると、由美がしてくれたように百合子も甲斐甲斐しく身体を拭いてくれた。百合子は亡夫の介護にも長く慣れていたから、由美以上に手際よかった。

しかし下着まで脱がせることはなく、ざっと拭いただけで彼女は脱がせたパジャマを持って洗面所へ行き、洗濯機のスイッチを入れて戻ってきた。

「洗濯済みのパジャマはどこにありますか?」

「いや、ないからシャツでいいよ。それから冷蔵庫の水を」

言うと彼女は洗面所へ行き、洗って畳んであるシャツと、冷蔵庫にあったペットボトルの水を持ってきてくれた。

「先に水を。それで、お願いがあるのだけど」

「ええ、何ですか」

思い切って言うと、百合子はシャツを後回しにして置き、ペットボトルのキャップを外した。

「一生に一度経験したいのだけど、口移しで飲ませて。嫌なら上から吐き出すだけでいいから」

ムクムクと勃起しながら言い、昭平は自分でも、こんなことが言える男だったのかと我ながら驚いたものだった。

「まあ、そんなこと……」

「どうかお願い、具合が悪いときだけのわがままだから」

彼は言いながら両手を合わせた。

「そんな、元気そうじゃないですか。拝まないで下さい。私の方こそ、山田さんを仏様のように思って感謝しているんですから」

「もうすぐ本当の仏様になっちゃうんだから、どうか願いを叶えて」

熱烈に懇願すると、百合子は小さく嘆息し、ペットボトルに口を付けた。

「あ、噎せるといけないので、水は少なめ唾は多めに」

興奮を高めながら言うと、百合子こそ肩をすくめて噎せそうになりながら口に水を含んでくれた。

彼女も天然系の由美に似て、どこか深刻にならずフワフワと受け流してくれるタイプだから、恥ずかしいことも言えるのである。

由美が天使なら、百合子は女神だ。

そして世の中の女性には、わがままな猫派と従順な犬派がいるというが、百合子は、言ってみれば巨乳の牛派で、何をせがんでも「もう」と言って願いを叶えてくれそうだった。

やがて百合子は、水を含んで唇を閉じ、そっと屈み込んでくれた。

昭平も口を開いて待ったが、上から垂らすかと思ったのに、彼女はそっと唇を触れ合わせ、少しずつ注いでくれたのである。

柔らかな感触と唾液の湿り気が伝わり、昭平は舌を濡らしてくる水を夢中で喉に流し込んだ。冷たい水も、百合子の口の中で少しだけ温くなり、彼は水に混じった彼女の唾液を必死に味わった。

何とか噎せずに飲み込み、さらに彼女の唇の間に舌を挿し入れて綺麗な歯並び

に触れると、

「ダメ、いけません」

百合子はすぐに顔を上げて、優しくメッと睨みながら言った。

「そんな方だったのですか。私、すごく驚いてます」

「だって、ずっと我慢していたから……」

昭平は、花粉臭の甘い刺激を含んだ吐息を感じながら身悶えるように答えた。

「ね、もう一口。水なしで唾だけでもいいから」

彼は、昔読んだ谷崎潤一郎の『瘋癲老人日記』を思い出しながらせがんだ。

「もうダメです。まあ……!」

百合子は答え、そこでようやくピンピンにテントを張っている股間の下着を見て息を呑んだ。

「どうしてこんなに……」

「百合子さんが好きだから……。ここ最近になって、急に青春が甦ったように元気になっちゃったんだ」

甘えるように言うと、百合子の視線も彼の股間に釘付けになっていた。

やはり由美以上に男日照りが続き、絶大な欲求を抱えているのだろう。

「私が好きなんですか？　でも、無理すると身体に悪いだろうし……」

「セックスまでしなくていいから、ほんの少し戯れたいだけ」

百合子が困ったように言い、彼は答えた。もちろん本当は挿入射精までしたいが、とにかく彼女に少しでも良いから触れてもらいたかった。

「ね、突っ張って痛いから、脱がせて」

さらにせがむと、とうとう百合子もペットボトルを置き、下着に手をかけて脱がしてくれたのだった。

昨日以上に雄々しく勃起したペニスが露わになり、百合子は熱い視線を注ぎながら、甘ったるく濃厚な匂いを漂わせた。

第二章　後家の温もり

1

「すごいわ、ここだけ若者みたいに……」

百合子が声を震わせ、昭平のペニスを見つめながら言った。

「ね、百合子さんも脱いで」

「ああ、どうしよう……」

意を決して言うと、百合子はビクリと身じろいでモジモジと答えた。

「私、山田さんからはどんなことを言われても従う決心をしているのだけど、いざ言われると……」

昭平に恩義を感じている彼女は、日頃からそんなことを思っていたようだ。

「どうかお願い」

「ええ、山田さんにお願いされるのは初めてだから……、分かりました。では急いでシャワーを浴びてきますので待ってて下さいね」

「いや、今のままがいいんだ」

「だって、朝から動き回って汗ばんでいるから……」

「どうかお願い」

昭平は再び言って両手を合わせた。せっかくナマの匂いが沁み付いているのだから、鰻重の鰻を洗って食うようなことはしない。

「わ、分かりましたから、どうか拝まないで……」

百合子が言って身を起こし、窓のカーテンを閉めてから背を向け、ノロノロと脱ぎはじめてくれた。

もちろんカーテンが引かれても、室内は充分に明るく観察に支障はない。

昭平は全裸で横になったまま、急かすことなく脱いでいく様子を眺めた。

ブラウスが取り去られ、スカートを脱ぐとブラを外し、白く滑らかな背中が実に艶めかしかった。しかも服の内に籠もっていた熱気が解放され、室内に甘ったるい女の匂いが立ち籠めはじめた。

やがてパンストが脱ぎ去られると、白く滑らかなナマ脚がスラリと露出し、脹(ふく)ら脛(はぎ)とヒカガミの窪みが色っぽく、もうすぐ自由に触れられると思うと激しく胸が高鳴った。

そして百合子は意を決して最後の一枚を下ろしながら、彼の方に白く豊満な尻を突き出してきた。

(何て綺麗な……)

彼は思い、ゾクゾクと胸を震わせて見惚れた。

百合子は胸と股間を隠しながら向き直り、

「どうすればいいですか……」

何やら由美よりも初々しい羞じらいを見せて言った。

「じゃベッドに上がって、顔の横に立って」

昭平は激しく勃起しながら、願望を口にした。彼女も、一糸まとわぬ姿になってしまえば、もう何を言っても拒まないだろう。

「立つんですか……」

ためらいながらも百合子がベッドに上がり、ガクガクと膝を震わせながら彼の顔の横に立ってくれた。

「じゃ、足の裏を顔に乗せて」

「そ、そんなことしたらバチが当たります……」

真下から言うと、百合子が驚いたように声を震わせた。

「一生に一度経験してみたかったんだ。谷崎の瘋癲老人日記は知ってる？」

「いえ……、題名は知っているけど読んでいません」

「そう、その中に足の裏への執着が描かれていてね、一度で良いからしてみたいんだ」

執拗にせがむと、百合子は何度か呼吸を繰り返し、ためらい戸惑い羞じらいながらも、ようやく壁に手を突いて支えながら、そろそろと片方の足を浮かせて顔に迫らせた。

「アア……、本当にいいんですか……」

最後のためらいを見せたので、昭平は足首を摑んで顔に引き寄せた。

「あん……」

百合子が声を上げ、彼は鼻と口に足裏の感触を得て陶然となった。

（とうとう美しい百合子に触れた……）

昭平は感激しながらも、最初に触れた部分が足の裏というのは感慨深かった。

彼女の亡夫は堅物だったから、まず足裏など舐めていないだろう。

彼は舌を這わせ、縮こまった指の股にも鼻を割り込ませて嗅いだ。

やはりそこは汗と脂に生ぬるく湿り、蒸れた匂いが濃厚に沁み付き、悩ましく鼻腔を刺激してきた。

胸を満たしてから爪先をしゃぶり、全ての指の間に舌を挿し入れて味わうと、

「アア……、いけません、そんなこと……」

百合子がか細く言い、立っていられなそうなほど全身を震わせていた。

しゃぶりながら見上げると、ムッチリした内腿の間に黒々と艶のある恥毛が見え、割れ目が濡れはじめているのが分かって彼は狂喜した。

(感じているんだ……)

昭平は思い、足を交代させ、そちらの爪先も全ての味と匂いを貪り尽くした。

そして両足首を摑んで顔の左右に置き、

「しゃがんで」

真下から言うと、まず彼女は屈み込んでベッドの枕元に両手を突き、和式トイレスタイルでそろそろとしゃがみ込んでくれたのだった。

脚がM字になり、鼻先に股間が迫ると生ぬるい熱気が顔中を包み込んだ。

「ああ、恥ずかしい……」

百合子は内腿をヒクヒクさせて言い、それでも割れ目は大量の愛液にヌラヌラとまみれていた。

ふっくらした丘には情熱的に濃い茂みが密集し、由美以上に肉づきが良く丸みを帯びた割れ目からは、ピンクの陰唇が縦長のハート型にはみ出していた。

そっと指を当てて左右に広げると、中は愛液が大洪水になって柔肉が息づいていた。

かつて由美が産まれ出てきた膣口は襞を入り組ませて収縮し、小さな尿道口も見え、包皮の下からはツヤツヤと光沢あるクリトリスが顔を覗かせていた。

「そ、そんなに見ないで……」

百合子が、真下からの熱い視線と息を感じて言った。彼女は枕元に摑まり、まるでオマルにでも跨がっているようだった。

もう我慢できず、昭平は豊満な腰を抱き寄せ、恥毛の丘にギュッと鼻を埋め込んで嗅いだ。隅々には、生ぬるく甘ったるい匂いと、ほのかなオシッコの匂いが籠もって悩ましく鼻腔を刺激してきた。

胸を満たしながら割れ目を舐めると、大量の淡い酸味のヌメリが舌の動きを滑らかにさせた。

膣口からクリトリスまで、味わいながらゆっくり舐め上げていくと、

「アアッ……！」

百合子が熱く喘ぎ、思わず座り込みそうになるのを懸命に彼の顔の左右で両足を踏ん張った。

昭平は感激と興奮に包まれながら百合子の味と匂いを貪り、さらに白く豊満な尻の真下に潜り込んだ。谷間の蕾は可憐なピンクで、鼻を埋め込むと顔中に弾力ある双丘が密着した。

しかしほんのり蒸れた汗の匂いが籠もっているだけで、由美より淡いのが物足りなかった。

舌を這わせて息づく襞を濡らし、ヌルッと潜り込ませて粘膜を探ると、

「あう、ダメです……！」

百合子が驚いたように呻いて肌を強ばらせ、キュッときつく肛門で舌先を締め付けてきた。そしてしゃがみ込んでいられないのか、両膝を突いた。

昭平が中で舌を蠢かせると、割れ目から生ぬるい愛液がとうとう彼の顔にツ

ツーッと滴ってきた。

昭平は再び割れ目に舌を戻し、ヌメリを舐め取ってクリトリスに吸い付きながら、由美にもしたように濡れた膣口に指を潜り込ませ、小刻みに内壁を擦った。

「も、もうダメ、お願い……」

絶頂を迫らせたように白い下腹をヒクヒクと波打たせ、とうとう彼女は言ってビクリと股間を引き離してしまった。

そしてグッタリと添い寝してきたので、彼は腕枕してもらい、腋の下に鼻を埋め込みながら、息づく巨乳に手を這わせた。

すると何と、百合子は淡い腋毛を煙らせていたのである。

（い、色っぽい……）

昭平は意外な興奮に悦び、鼻を擦りつけて柔らかな感触と甘ったるい汗の匂いを味わった。

真面目だった亡夫の趣味とは思えないので、ノースリーブを着るとき以外はケアを怠っているのだろう。それだけ百合子は忙しく、娘や孫との生活に専念し、男を作るわけでもないので身の回りのことまで手が回らないようだった。

昭平は美熟女の体臭で胸をいっぱいに満たし、指の腹でクリクリと乳首をいじった。

「アア……」

もう百合子は朦朧となり、ただ熱い喘ぎを繰り返すばかりとなった。

彼はチュッと乳首に吸い付いて舌で転がし、顔中を押し付けて柔らかな巨乳の感触を味わった。

もう片方も含んで舐め回しながら、やがて彼女の手を取ってペニスに導くと、百合子もニギニギと優しく愛撫してくれたのだった。

2

「今度は、百合子さんがして……」

昭平は仰向けの受け身体勢になり、百合子の顔を下方へと押しやった。

彼女も素直に移動し、やがて大股開きになった昭平の股間に腹這い、顔を寄せてきてくれた。

「ね、ここ少しでいいから舐めて……」

彼は思いきって言い、自ら両脚を浮かせて抱え込み、百合子の鼻先に尻の谷間を突き出した。

するとと百合子も厭わず、舌を伸ばしてチロチロと肛門を舐めてくれたのだ。

さらに自分がされたように、ヌルッと舌まで潜り込ませてくれた。

「あう、気持ちいい……」

昭平は初めての感覚に呻き、まるでモグモグと味わうように美女の舌先を肛門で締め付けた。

百合子も熱い鼻息で陰嚢をくすぐりながら中で舌を蠢かせると、内側から刺激されるように勃起したペニスがヒクヒクと上下した。

「も、もういい、ありがとう……」

美女に肛門を舐めてもらうのが申し訳なく、彼は僅かに快感を覚えただけで言って脚を下ろした。

「ここもしゃぶって」

百合子が舌を引き離したので、陰嚢を指して言うと、すぐにもヌラヌラと舐め回してくれた。熱い息が股間に籠もり、二つの睾丸が転がされ、袋全体が生温かな唾液にまみれた。

「じゃここをお願い」

待ちきれずにペニスを指して言うと、百合子も身を乗り出し、粘液の滲む尿道口をチロチロと舐めてから、張り詰めた亀頭にしゃぶり付いてくれた。

下から股間を突き上げると、百合子はスッポリと喉の奥まで呑み込み、幹を丸く締め付けて吸い、口の中ではクチュクチュと舌をからめてくれた。

「ああ、気持ちいい……」

昭平はうっとりと喘ぎ、思わずズンズンと股間を上下させてしまった。

「ンン……」

百合子は喉の奥を突かれて小さく呻き、さらにたっぷりと生温かな唾液を溢れさせてきた。熱い鼻息が恥毛をくすぐり、彼女も顔を上下させスポスポと摩擦してくれた。

昭平は激しく高まり、このまま美しく清潔な百合子の口を汚し、果ててしまいたい衝動にも駆られたが、やはり一つになりたかった。

「い、いきそう、跨いで入れて……」

彼が言うと百合子もすぐスポンと口を引き離し、顔を上げた。

「私が上ですか……」

彼女が言うので、どうやら亡夫とは正常位一辺倒だったようだ。

手を握って引っ張ると、百合子は恐る恐る前進し、彼の股間に跨がってきた。そして先端に割れ目をそっと押し付け、自ら指で陰唇を広げると膣口に位置を定めた。

腰を沈めると、張り詰めた亀頭が潜り込み、あとは潤いと重みでヌルヌルッと滑らかに根元まで嵌まり込んでいった。

「アアッ……！」

百合子がビクッと顔を仰け反らせて喘ぎ、完全に座り込んできた。

昭平も肉襞の摩擦と温もり、きつい締め付けと大量のヌメリに包まれて暴発を堪えた。

そして昨日の由美に続き、今日はその母親と交わっている感激を噛み締めた。

まさか二日のうちに、生まれて初めての親子丼が出来るなど夢にも思っていなかったことだ。

逆に、こんなにすんなり出来るのなら、もっと早くアタックしてみれば良かったとも思った。

上体を反らせて硬直している百合子を両手で抱き寄せると、彼女もゆっくり身を重ねてきた。胸に巨乳が押し付けられて心地よく弾み、柔らかな恥毛が擦れ合い、コリコリする恥骨の感触も伝わった。

昭平は、由美に言われたように、僅かに両膝を立てて豊満な尻を支えた。

両手を回してしがみつき、温もりと感触を味わいながらズンズンと股間を突き上げはじめると、

「ああ……」

百合子が熱く喘ぎ、キュッキュッと締め付けながらも合わせて腰を遣ってくれた。次第に互いの動きがリズミカルに一致し、クチュクチュと湿った摩擦音も聞こえてきた。

溢れた愛液が陰嚢の脇を伝い、彼の肛門の方にまで生温かく流れてきた。

これだけ濡れているのだから、久々とはいえ痛みなどはなく、由美以上に快感を知っている熟れ肌は充分すぎるほど感じていることだろう。

下から顔を引き寄せて唇を重ね、舌を挿し入れて滑らかな歯並びを舐めた。

すると百合子も歯を開いて舌を触れ合わせ、チロチロと滑らかにからみつけてくれた。

生温かな唾液に濡れた舌が何とも美味しく、彼は快感に任せて突き上げを強めていった。

「アア……、すごい……」

百合子が口を離し、淫らに唾液の糸を引きつつ朦朧としながら喘いだ。

口から吐き出される息は熱く湿り気があり、花粉のように甘い刺激が鼻腔をくすぐってきた。

何というかぐわしさであろうか。美女が一度吸い込み、要らなくなった空気を全て吸って生きていたいくらいだった。

昭平は百合子の吐息を貪るように嗅ぎながら、とうとう肉襞の摩擦の中で昇り詰めてしまった。

この歳になっても、連日出来るのだ。

あるいは男が一生出すザーメンの量は決まっていて、今まであまり出さなかった分が、ここへ来て一気に多く製造されはじめたのかも知れない。

「く……！」

昭平は突き上がる大きな絶頂の快感に呻きながら、ドクンドクンとありったけの熱いザーメンをほとばしらせ、柔肉の奥深い部分を直撃した。

「い、いっちゃう……、ああーッ……！」

噴出を感じた途端、百合子もオルガスムスのスイッチが入ったように声を上ずらせ、ガクガクと狂おしい痙攣を開始した。やはり母娘とも、果てるポイントも似ているようだった。

彼は心ゆくまで快感を味わい、最後の一滴まで出し尽くしていった。

すっかり満足しながら徐々に突き上げを弱めていくと、

「アア……」

百合子も力尽きたように声を洩らし、熟れ肌の強ばりを解いてグッタリと体重を預けてきた。

まだ膣内は名残惜しげな収縮を繰り返し、刺激されるたびに過敏になったペニスがヒクヒクと震えた。

そして昭平は彼女の重みを受け止め、花粉臭の吐息で鼻腔を満たしながら、うっとりと快感の余韻を噛み締めたのだった。

3

「ね、オシッコ出してみて……」

バスルームで互いの股間を洗い流すと、昭平は床に座って言い、目の前に百合子を立たせた。

「え……？　無理です、そんなこと……」

「少しでいいから」

文字通り尻込みする百合子に答え、昭平は彼女の片方の足を浮かせてバスタブのふちに乗せ、開いた股間に顔を埋めた。

洗ったので大部分の匂いは消えてしまったが、それでも割れ目を舐めると新たな愛液が溢れ、舌の動きがヌラヌラと滑らかになった。

「アア、ダメ……」

百合子がガクガクと脚を震わせながら喘ぎ、フラつく身体を支えるため思わず彼の頭に両手で摑まった。

出るまで執拗に待つつもりで、舐めたり吸ったりしていたが、意外にも早くその時が来た。尿意が高まっていたか、あるいはしなければ終わらないという気持ちになり、快楽の余韻と新たな刺激に朦朧としたまま力を緩めてしまったのかも知れない。

舐めているうち奥の柔肉が迫り出すように盛り上がり、味わいと温もりが急に変化してきたのだ。

「あう……、離れて下さい……」

彼女が息を詰めて言うなり、チョロチョロと熱い流れがほとばしってきた。

構わず口に受けたが、味も匂いも実に淡く清らかなもので、飲み込むにも抵抗がなかった。

しかし急激に勢いが増すと口から溢れた分が、温かく胸から腹に伝い、心地よくペニスまで浸してきた。

「アア……」

ゆるゆると放尿しながら百合子は喘ぎ、間もなく流れは治まってしまった。

昭平は残り香の中、余りの雫をすすって舌を這わせたが、新たに溢れる愛液のヌメリが満ち、たちまち残尿の味わいは薄れて淡い酸味だけになった。

「も、もうダメです……」

百合子が言って脚を下ろすと、そのまま力尽きたようにクタクタと座り込んでしまった。

それを抱き留め、もう一度股間を湯で洗ってやった。

ペニスもムクムクと回復してきたが、昨日もしているし、そうそう立て続けの射精は避けるべきで、また次の楽しみに取っておく方が良いだろう。

「ね、またしたい。お家賃は只にして構わないから」

「そ、そんなことしなくていいです。また来ますから……」

言うと、百合子がかぶりを振って答えた。やはり金銭がからむと、身を売るようで抵抗があるのだろう。

そして彼女も、眠っていた女の疼きを覚まされ、ためらいや羞じらいはあるものの、一度してしまったら次の行為には抵抗がないようだった。

やがて百合子は身体を拭き、身繕いをして二階へ戻っていった。

昭平は、また横になって、母娘の両方としてしまった感激に浸った。

何やら、最後の願望を叶えてしまったようで、もう何も思い残すことがない感じである。

それでも、やはり一度してしまうと終わりではなく、次はあれもしたい、これもしたいという欲望が芽生えてきた。

(まだまだ出来るんだ……)

その思いが一番嬉しかった。無理さえしなければ、二日に一度ぐらいわけなく出来る気がしていた。

いずれ中折れしたり肝心なときに萎えたりするようになれば、レビトラとかシリアスなどという勃起増進の錠剤を買うことも考えた。

とにかく、やりたいことが見つかって良かった。

ある意味、命がけといった感じもあるが、あれほど魅惑的な母娘と出来ることは貴重である。

いかに興奮していても、今までオナニーは中断するのが常だった。しかし相手さえいれば、ちゃんと勃起して挿入し、射精も出来ることが分かったのだ。

そして淫気を催していないときは、今まで通り散歩や読書をして、買い物した食材で料理をする日常に戻ったが、気持ちが浮かれて身も心も生き生きとしてきた。

やがて二日後の昼過ぎ、この日は由美が休みだった。

「寝かしつけてきたから、しばらくは大丈夫よ」

由美が部屋に入ってきて悪戯っぽい笑みで言うと、昭平はすぐにも期待にムクムクと勃起してきた。

もちろん彼女の休日は知っていたので、彼は前もって入浴も歯磨きも念入りに済ませていた。

「わあ嬉しい。じゃ全部脱いでね」

昭平が言って自分も脱いでいくと、由美もためらいなく服を脱ぎはじめた。

やはり彼女にも、快感への期待があるのだろう。

今日も由美は朝から育児と家の用をして動き回り、肌が露出していくにつれ生ぬるく甘ったるい匂いが濃く漂ってきた。

たちまち互いに全裸になり、まず彼は由美を仰向けにさせ、ムチムチと張りのある健康的な肢体を見下ろした。

そして屈み込むと、昭平は真っ先に由美の足裏に舌を這わせ、指の間に鼻を押し付けて嗅いだ。

「あう、そんなところから……？」

彼女は驚いたように言ってビクリと反応したが、拒むことはなかった。

「洗ってくれれば良かった……」

「匂いがなかったら全く燃えないからね、自然のままでいいんだよ」

彼は言いながら、指の股に沁み付いた汗と脂の湿り気と、蒸れた濃厚な匂いを貪ってから、爪先にしゃぶり付いていった。

「アア……、くすぐったいわ……」

由美が喘ぎ、彼の口の中で指を縮め、舌先を挟み付けてきた。

昭平は味と匂いを堪能し、もう片方の爪先も貪り尽くしてしまった。

やがて股を開かせ、脚の内側を舐め上げ、ムッチリした白い内腿をたどって、熱気と湿り気の籠もる股間に迫っていった。

割れ目からはみ出した花びらは、すでにネットリと蜜を宿し、間から光沢あるクリトリスもツンと顔を覗かせていた。

若草に鼻を擦りつけ、生ぬるい匂いを貪りながら舌を挿し入れて味わった。

甘ったるい汗の匂いが大部分で、それに蒸れた残尿臭が混じり、うっすらしたチーズ臭に似た成分も鼻腔を刺激してきた。淡い酸味のヌメリも泉のように湧き出し、舌の動きをヌラヌラと滑らかにさせた。

やはり若いナマの味と匂いは濃厚な回春剤なのだろう。吸収するたび、腹這いで押し潰れたペニスが膨張していった。

膣口の襞を掻き回してから、ゆっくり味わいながらクリトリスまで舐め上げていくと、

「アアッ……！　いい気持ち……」

由美が顔を仰け反らせて喘ぎ、内腿でキュッときつく彼の顔を挟み付けた。

昭平は二十歳の味と匂いを貪ってから、彼女の両脚を浮かせ、尻の谷間に鼻を

埋め込んだ。

艶めかしい蕾に鼻を押し付けて嗅ぐと、蒸れた微香が籠もって胸に沁み込んできた。舌を這わせ、ヌルッと潜り込ませると、

「あう……！」

由美が呻き、肛門で舌先を締め付けてきた。

彼は舌を蠢かせ、滑らかな粘膜を探り、由美の前も後ろも味わってから絶頂前に股間から這い出して添い寝した。

ハアハアと熱く荒い息遣いを繰り返している由美に腕枕してもらいながら腋の下に鼻を埋め込み、濃厚に甘ったるい汗の匂いで胸を満たしながら、息づく乳房に手を這わせた。

今日も、濃く色づいた乳首の先端には、白濁の雫が膨れ上がっていた。

腋を充分に嗅いでから移動し、乳首に吸い付いて顔中を張りのある膨らみに押し付けた。すっかり要領も得ているから、吸うとすぐにも生ぬるく薄甘い母乳が舌を濡らしてきた。

「ああ……」

由美が喘ぎ、少しもじっとしていられないようにクネクネと身悶えた。

昭平はうっとりと喉を潤して酔いしれ、もう片方の乳首も含んで吸った。

そして堪能してから顔を離し、仰向けになると、由美も察したように身を起こしてきた。

「ね、ここ舐めて」

彼が自分の乳首を指して言うと、由美もすぐに屈み込んでチュッと吸い付き、熱い息で肌をくすぐりながら舐め回してくれた。

「ああ、いい気持ち……、そこ嚙んで……」

「大丈夫？　こう？」

言うと由美が口を離して答え、すぐ綺麗な歯並びで乳首を嚙んでくれた。

「あうう、もっと強く……」

甘美な痛みに悶えながら、さらにせがむと、由美もやや力を込めて刺激してくれ、左右の乳首を念入りに舌と歯で愛撫した。

昭平は身悶えながら、左の乳首の方が感じることを発見した。女体にしてみたいと思うこと以上に、受け身になる感覚も新鮮であった。

由美は肌を舐め降り、ときに脇腹にもキュッと歯を食い込ませ、彼は何やら若い牝獣に食べられているような感覚に浸った。

やがて大股開きになると由美も真ん中に陣取って腹這い、左右の内腿も小刻みに嚙んでから、股間に迫り、熱い息を籠もらせながら陰嚢を舐め回した。

そして幹の裏側を舐め上げ、先端までたどって尿道口をしゃぶってくれた。

さらにスッポリと喉の奥まで呑み込み、チュッと吸い付かれた。

「ああ、気持ちいい……」

昭平はうっとりと喘ぎ、美女の口の中でヒクヒクと幹を震わせた。

由美も念入りに舌をからませ、充分に生温かな唾液にまみれさせると、早く一つになりたいかのようにチュパッと口を離した。

「いい？」

「うん、跨いで入れて……」

今日も昭平は仰向けにまま答えると、身を起こした由美はすぐ前進して跨がってきた。

息を詰めて先端を膣口に受け入れ、ゆっくり座り込むと、彼自身はヌルヌルッと滑らかに根元まで呑み込まれていった。

「アアッ……、奥まで届くわ、すごい……」

由美が完全に股間を密着させ、上体を反らせて喘いだ。

膣内も、味わうようにキュッキュッと締まり、昭平は前回以上の快感に包まれた。やはり初回は、唐突な戸惑いもあったので、今日は期待が大きかったぶん快感も増しているようだ。

彼は両手を伸ばして抱き寄せ、両膝を立てて弾力ある尻を支えた。

由美もすぐに身を重ね、遠慮なく体重を預けてきたのだった。

4

「ね、いっぱい唾を垂らして。これ見ながら」

昭平は、枕元に置いておいた、レモンの輪切りの食玩（しょくがん）を指して言った。それを見ると、繋がっていながら由美がクスッと笑った。

「そんなの買ってきたんですか」

「うん、飲ませて」

言うと由美も上から顔を寄せ、口いっぱいに唾液を溜めてから愛らしい唇をすぼめ、白っぽく小泡の多い唾液をトロトロと吐き出してくれた。

羞恥心の強い百合子も魅力だが、由美は何でも能天気に面白がり、すぐしてくれるところが良かった。

垂らされた唾液を舌に受けて味わうと、プチプチと弾ける小泡の全てに可愛らしい果実臭が含まれているようだった。

うっとりと喉を潤し、

「もっと……」

さらにせがむと由美は食玩のレモンを見て唾液を分泌させ、再びクチュッと垂らしてくれた。

「ね、顔に思いっきりペッて吐きかけて」

飲み込んでから言うと、由美がビクリと身じろいだ。

「そんなことしたらバチが当たります……」

「ううん、してほしい。由美ちゃんが決して他の男にしないことを、僕だけにしてほしいんだ。それに若くて綺麗な由美ちゃんの唾で清められたい」

芝居がかったことに自分で興奮しながら言うと、

「本当にいいんですか……」

由美が膣内を収縮させながら言い、また唾液を溜めてくれた。

「うん、本気でかけて……」

言うと由美も口を寄せ、大きく息を吸い込んで止めてから、強くペッと吐きかけてくれた。

「ああ……」

昭平は感激に喘ぎ、膣内のペニスをヒクヒク震わせた。

甘酸っぱい息の匂いが顔中を包み、生温かな唾液の固まりがピチャッと鼻筋を濡らし、頬の丸みをヌラリと伝い流れた。

由美の吐息は今日も可愛い果実臭だが、前回よりも濃厚で、昼食の名残か淡いオニオン臭も混じって鼻腔を刺激した。

やはり念入りにケアして無臭に近いより、自然のままの匂いに興奮し、特に濃い場合は可憐な顔とのギャップに萌え、何やら美女の秘密を握ったような興奮が得られるのだった。

「あん、いいのかしら、こんなことして……」

由美が言い、頬を流れる唾液を指で拭ってくれた。

「お乳も顔に垂らして……」

さらに言うと、由美が胸を突き出し、自ら乳首をつまんでくれた。

するとポタポタと白濁の母乳が滴り、無数の乳腺からは霧状になったものが彼の顔中に生温かく降りかかった。

昭平は雫を舌に受けて味わい、甘ったるい匂いに包まれながら、とうとうズンズンと股間を突き上げはじめた。

二十歳の娘にここまでしてもらえたら、萎えるわけがなかった。

「アア……、いい気持ち……」

由美も熱く喘ぎ、突き上げに合わせて腰を遣いはじめた。

互いの動きが一致すると、ピチャクチャと淫らに湿った摩擦音が聞こえ、彼も肉襞の摩擦と締め付けに高まっていった。

顔を引き寄せて唇を重ねると、由美も厭わずチロチロと舌をからめてくれ、彼は心ゆくまで滑らかに蠢く舌を味わった。

さらに彼女の口に鼻を押し込み、甘酸っぱい濃厚な吐息で胸を満たしながら絶頂を迫らせていった。

「い、いっちゃう……、アアーッ……!」

すると、たちまち先に由美が声を上ずらせ、ガクガクと狂おしいオルガスムスの痙攣を開始したのである。

昭平も、彼女の絶頂の嵐に巻き込まれるように、続いて昇り詰めてしまった。

「く……、気持ちいい……！」

大きな快感に呻きながら、ありったけの熱いザーメンをドクンドクンと勢いよく注入すると、

「あ、感じる……！」

噴出を受け止めた由美が、駄目押しの快感を得たように口走り、飲み込むような収縮を繰り返した。

昭平は、唾液に濡れた美女の唇に鼻を擦りつけて濃厚な果実臭を嗅ぎ、ヌルヌルにしてもらいながら心置きなく最後の一滴まで出し尽くしていった。

満足しながら突き上げを止め、身を投げ出していくと、

「アア……、すごかったわ、溶けてしまいそう……」

由美も声を洩らし、硬直を解いてグッタリともたれかかってきた。

息づく膣内で彼自身はヒクヒクと過敏に震え、昭平は唾液と母乳、吐息の混じった匂いに包まれながら、うっとりと快感の余韻を嚙み締めたのだった。

5

「何だか、不思議な気持ちです……」

百合子が、一糸まとわぬ姿になりながら昭平に言った。

あれから数日後の夜、夕食後である。

今日は、由美が赤ん坊を連れて保育所のお泊まり会に行っていて、夜は百合子一人だったのだ。

もちろん昭平は、夕食後の入浴と歯磨きを済ませていた。

昼間の情事も興奮するが、やはり夜はまた格別である。もっとも一晩自由になるといっても、せいぜい一時間もあれば満足するのだが、それでも誰かに邪魔される恐れのない夜を過ごせるのは嬉しかった。

「あの、お願いがあります。お風呂を使わせて下さい」

全裸でベッドの端に座りながら、百合子が哀願するように言った。

「うん、お湯は張ってあるから使っていいよ」

「じゃ、急いで洗ってきますね」

「ううん、先に舐めたり嗅いだりしてから一緒に入ろう」

昭平は言って彼女を仰向けにさせ、まずは由美にしたように足の裏に顔を押し付けてしまった。

「アア……、今日はすごく動き回っていたから……」

夜まで仕事していた百合子が、クネクネと羞恥に身悶えて言った。

もちろん濃く沁み付いた匂いを味わわないバカはいない。

昭平は足裏を舐め回し、形良く揃った指の股に鼻を割り込ませ、汗と脂の湿り気とムレムレになった匂いを貪った。

そして爪先にしゃぶり付き、順々に舌を挿し入れて味わうと、

「ああッ……、ダメ……！」

早くも百合子は朦朧となり、熟れ肌を波打たせて喘いだ。

彼は両足とも、全ての指の間をしゃぶり尽くし、味と匂いを堪能してから股を開かせ、滑らかな脚の内側を舐め上げていった。

ムッチリと量感あるスベスベの内腿を舐め、軽く歯を当てて弾力を味わってから、すでに大量の愛液を漏らしている割れ目に迫った。

堪らず柔らかな茂みに鼻を埋め込み、擦り付けながら隅々に籠もった生ぬるい

汗とオシッコの匂いを貪った。

「いい匂い」

「あう、ダメ……！」

嗅ぎながら思わず言うと、百合子が羞恥に呻き、反射的にキュッときつく内腿で彼の両頬を挟み付けてきた。

昭平は豊満な腰を抱え込み、割れ目に舌を挿し入れ、淡い酸味のヌメリを掻き回して膣口からクリトリスまで舐め上げていった。

「アアッ……！」

百合子が声を上げ、身を弓なりにさせて白い下腹をヒクヒク波打たせた。

味と匂いを貪ってから、彼は百合子の両脚を浮かせ、形良い逆ハート型の尻に迫った。

谷間に鼻を埋め、ピンクの蕾に籠もる蒸れた微香を嗅いで舌を這わせた。

細かに息づく襞を濡らし、ヌルッと潜り込ませて滑らかな粘膜を探ると、

「く……！」

百合子が呻き、キュッときつく肛門で舌先を締め付けてきた。

昭平が激しい興奮に包まれながら、内部で舌を蠢かせると、鼻先にある割れ目

からトロトロと大量の愛液が漏れてきた。

　やがて前も後ろも味わってから彼は身を起こし、股間を進めて先端を割れ目に押し当て、ヌルヌルッと一気に挿入していった。もちろんここで果てる気はないが、まず膣内の感触をペニスで味わいたかったのだ。

「あう……、すごい……！」

　根元まで貫き、股間を密着させると百合子が呻き、味わうようにキュッキュッと締め付けてきた。

（正常位でもいけるな……）

　昭平は熟れ肌に身を重ねて思い、何度かズンズンと腰を突き動かし、滑らかな肉襞の摩擦を味わった。

　彼女も下から両手を回し、股間を突き上げたが、やがて昭平は動きを止めた。

6

「じゃ、お風呂に行こうか」

　囁くと、百合子は朦朧としながら不満げに目を開けた。もう足も股間の前も後ろも舐められてしまったのだから、今さら快楽を中断されても戸惑うばかりであろう。

このまま果てたいところだろうが、まだ彼はしゃぶってもらっていないし、バスルームでの楽しみは射精前に済ませたいのである。

とにかくヌルッと引き抜いて身を起こすと、

「アア……」

百合子が声を上げ、それを抱き起こして一緒にベッドを降りた。

フラつく彼女を支えながらバスルームに行き、もちろん洗い流すことはせず、まだ嗅いでいない腋の下に鼻を埋め込んだ。

「ああ、剃っちゃったの？　腋毛がある方が匂いが籠もって良かったのに」

今度は昭平が不満げに言うと、百合子が恥ずかしげに身じろいだ。

腋はスベスベに手入れされており、それでも濃厚に甘ったるい汗の匂いが充分に感じられた。

両脇とも嗅いでから乳首に吸い付き、顔中を柔らかく豊かな膨らみに押し付けて感触と生ぬるい体臭を味わった。

そして左右の乳首を味わうと、彼は洗い場に仰向けになり、狭いので両膝を立てた。

「顔を跨いで、オシッコして」

「ま、またそんなこと……」

尻込みする彼女を抱き寄せ、顔にしゃがみ込ませた。M字の脚がはち切れそうにムッチリと量感を増し、新たな愛液を漏らしている割れ目が迫った。

「ああ、無理です……」

百合子は言いながらも、ギュッと座り込まぬようバスタブのふちに摑まって両足を踏ん張った。

「出るとき言ってね」

昭平は言いながら真下から舌を這わせ、大量のヌメリをすすって喉を潤した。

すると柔肉が妖しく蠢き、百合子は何度か息を詰めて否応なく尿意を高まらせた。やはり立ったたままより、この体勢の方が出やすいのだろう。

「あう、出ちゃう……」

彼女が息を詰めて言うなり、チョロチョロと熱い流れがほとばしってきた。

仰向けなので噎せないよう注意し、昭平は流れを口に受けた。

味わいと匂いは前の時より濃く、艶めかしい刺激があったが少しずつなら喉に流し込むことが出来た。

しかし勢いが増すと口から溢れた分が温かく頬を伝い、耳にも入ってきた。

悩ましい匂いが胸に広がり、それでも間もなく流れは治まり、彼も咳き込まなくて済んだ。

あとは余りの雫がポタポタと滴ったが、それに愛液が混じると、ツツーッと糸を引くようになった。

残り香の中で充分に舐め回すと、ようやく彼は舌を引っ込め、百合子も懸命に身を起こした。

「じゃベッドに戻ろうか」

「ま、まだ洗っていないので……」

「洗うと潤いが落ちてしまうから、それは後回しにしよう」

彼は言い、自分だけ顔を洗って身体を拭き、バスルームを出て二人でベッドへと戻った。

「じゃ、お口で可愛がって」

仰向けになり、大股開きになって言うと、百合子も素直に腹這いになり、股間に顔を寄せてきてくれた。

「洗ってあるのでここから舐めて」

昭平は言い、自ら両脚を浮かせて抱えると尻を突き出した。

百合子も厭わずチロチロと舌を這わせ、ヌルッと潜り込ませてくれた。

「あう……」

彼は快感に呻き、モグモグと肛門で美熟女の舌先を締め付けた。中で舌が蠢くと、内側から刺激されたペニスがヒクヒクと上下した。

やがて脚を下ろすと、百合子も舌を引っ込めて陰嚢を舐め回し、そのままペニスの裏側を舐め上げてきた。

身を乗り出して先端まで舌を這わせると、粘液の滲む尿道口を舐め回し、張り詰めた亀頭にしゃぶり付いてくれた。

股間を突き上げると、そのまま百合子はスッポリと喉の奥まで呑み込み、彼は快感に包まれながら股間を見た。

上気して笑窪の浮かぶ頬をすぼめて吸い付き、熱い鼻息が恥毛をくすぐり、口の中ではクチュクチュと舌がからみついた。

昭平もズンズンと股間を突き上げ、ペニス全体が生温かく清らかな唾液にたっぷりとまみれると、急激に絶頂が迫ってきた。

「う、上から跨いで入れて……」

突き上げを止めて言うと、百合子もスポンと口を離して身を起こした。

そのまま前進して跨がり、自分で幹に指を添え、先端に割れ目を押し付けてきた。位置が定まると彼女は息を詰め、ゆっくり腰を沈み込ませて膣口に受け入れていった。

たちまち屹立したペニスは、ヌルヌルッと滑らかに根元まで嵌まり込んだ。

「アアッ……！」

百合子が顔を仰け反らせて喘ぎ、ピッタリと股間を密着させた。

昭平も肉襞の摩擦と温もりに包まれて息を詰め、両手を伸ばして彼女を抱き寄せた。

百合子も身を重ね、彼の胸に柔らかな巨乳を押し付けてきた。

彼は両膝を立てて豊満な尻を支え、下から顔を抱き寄せて唇を重ねた。

舌を挿し入れ、滑らかな歯並びを舐めると、

「ンン……」

彼女も熱く鼻を鳴らしながら歯を開き、チロチロと舌をからみつけてくれた。

「いっぱい唾を注いで、これ見て……」

唇を触れ合わせたまま囁き、彼は枕元のレモンの食玩を指した。

さっきまで気づかなかったらしく、こんなものを買ったのかと百合子は少し驚いたように息を詰め、それでも口に溜めた唾液をトロトロと口移しに注ぎ込んでくれた。

昭平は、生ぬるく小泡の多い唾液を味わい、うっとりと喉を潤しながら、ズンズンと股間を突き上げはじめた。

「ああ……、い、いきそう……」

百合子が口を離し、収縮を強めながら喘いだ。

口から吐き出される息は、今日も花粉に似た甘い匂いを含んでいたが、やはり夕食後の名残と、喘ぎすぎて乾き気味になっているせいか、鼻腔に引っかかる濃厚な刺激が感じられた。

昭平は美女の匂いにゾクゾクと高まり、激しく股間を突き上げていった。

「アアッ、すごい……」

百合子も腰を遣いながら声を上ずらせ、クチュクチュと淫らな摩擦音を響かせながら互いの股間をビショビショにさせた。

「しゃぶって……」

昭平も絶頂を迫らせながら言い、彼女のかぐわしい口に鼻を押し込んだ。

するど百合子も、まるでフェラチオするようにしゃぶってくれ、彼は吐息と唾液の匂いに高まり、さらに顔中を擦り付け、ヌルヌルにされながら昇り詰めてしまった。

「い、いく……！」

彼は大きな絶頂の快感に貫かれながら口走り、同時にありったけの熱いザーメンをドクンドクンと勢いよくほとばしらせた。

「か、感じる……、アアーッ……！」

噴出を受け止めた百合子も、同時に声を上げてガクガクと狂おしいオルガスムスの痙攣を開始したのだった。

締め付けと収縮が最高潮になり、昭平は心地よい摩擦の中、最後の一滴まで出し尽くしていった。

すっかり満足しながら突き上げを弱めていくと、

「ああ……」

百合子も声を洩らし、精根尽き果てたように熟れ肌の硬直を解いてグッタリと体重を預けてきた。

昭平は彼女の重みと温もりを受け止め、まだ息づく膣内でヒクヒクと過敏に幹を跳ね上げた。そのたび、彼女も敏感になっているようにキュッときつく締め上げてきた。

（ああ……、こんな日々を、あとどれぐらい続けられるだろうか……いっそ、若い頃に時代が戻らないものだろうか……）

昭平は、百合子の吐き出す甘い刺激の息を胸いっぱいに嗅いで余韻に浸りながら、そう思うのだった……。

甦れ性春！

第一章　若い体を再び

1

「じゃ帰るよ。そろそろ閉店でしょう」

純二(じゅんじ)はママの香苗(かなえ)に言い、勘定を払って席を立った。他の客はいない。

「嬉しかったわ。また来てくれて」

「うん、東京本社に戻るのに四十年もかかってしまったよ」

彼は言い、見送りにカウンターから出てきた色っぽい香苗の顔を見た。

もう六十歳だというのに、若作りで四十代に見える。その純二も、もう六十四歳だ。

「キスしていい？」

「ダメよ、四十年前ならＯＫだったけど」

「本当？」

「ええ、あの頃私は純二さんが好きだったから」

香苗が言い、純二は慕情がつのった。

彼女は和服で髪をアップにし、顎の左脇に小さなホクロのある美熟女。

純二が新入社員だった頃は、二十歳の香苗の面影で何度妄想オナニーをしたことか。

「お互い、やり直したいなあ……」

「ええ、本当に」

純二が言うと、香苗も苦労を覗かせて答えた。

やがて純二は、ビルの一階にあるスナック『蘭子（らんこ）』を出た。

蘭子とは、先代ママである香苗の母親の名だ。

純二が四十年前に通っていた頃は一軒家で、二階に住居がある『蘭』という純喫茶だった。

純二が少し歩いて振り返ると、もう香苗は店に引っ込み、間もなく灯りが消えた。

清田(きよた)純二は六十四歳、実家は湘南だが、もう両親もなく兄とも没交渉になっていた。

純二はここ、都下郊外にある大学に行き、近くにあるコーダという電機メーカーに就職。そのままアパートに住み続けたが、間もなく静岡の新工場に転勤。そちらでＯＬと結婚して家を建て、一人息子が出来た。定年後も、嘱託で社に居続けたが、それも限界であと一年というところまで来て、急に本社勤務に戻ったのだ。

（あ、スマホを忘れた）

ふとポケットを探って気づき、純二は慌ててスナック蘭子へと引き返した。その時、いきなり転倒してしまったのだ。何かに躓(つまず)いたか、酔いも回っていたのだろう。

「う……！」

目眩(めまい)がして呻き、何とか身を起こすと、

「大丈夫？　純二さん」

可憐な声がして、誰かが彼を抱き起こしてくれたのだ。

「え？　君は……？」

彼は甘い匂いを感じ、助け起こしてくれた若い女性を見て言った。

「やだ、頭を打ったのかしら、香苗よ」

二十歳ばかりの可憐な娘が言う。見覚えのある整った顔立ちに、顎の小さなホクロ。

「とにかくお店へ戻って。もう閉店してるけど少し休むといいわ」

彼女に支えられながら店に戻ると、そこにビルはなく、懐かしい一軒家の純喫茶『蘭』の看板があるではないか。

「ま、まさか君は香苗ちゃん？　まだ二十歳の」

言って店に入ると、そこには新入社員の頃、何度も通った懐かしい喫茶店の風景があった。

（ゆ、夢か……）

純二は混乱しながら頬をつねったが痛かった。

2

「い、今は令和元年？」

「なに言ってるの。れいわって何？　今は昭和五十四年でしょう」

純二がソファに座って言うと、二十歳の香苗がおしぼりで彼の額を冷やしながら答えた。

「じゃ、僕は……」

純二は、慌てて自分の身なりを見た。真新しいが安物のスーツにネクタイ。ポケットにはハイライトと百円ライター、財布の中には伊藤博文の千円札と岩倉具視の五百円札と僅かな小銭。

「うわ……」

純二は軽やかに立ち上がり、洗面所に行って鏡を見た。

「わ、若い。髪もフサフサだし腹も出ていない。しかも身体が軽いし、視界もはっきりしている」

転んだ痛みもなく、酔いも残っていなかった。

「本当に大丈夫？」

香苗が来て、鏡越しに可憐な顔を見せた。

「じゃ、二階には蘭子ママが？」

「ううん、今日は実家の法事で、ママは私に店を任せて明日の昼まで帰ってこないわ」

香苗が言う。確か彼女の父親はいないという記憶があった。

（じゃ、ここは本当に昭和五十四年。僕は四十年前に戻ったのか、未来の記憶を持ったまま……）

純二は思い、さらにさっき六十歳の香苗が言った「二十歳の頃は純二さんが好きだったの」という言葉を思い出した。

「か、香苗ちゃんは、彼氏はいないの？」

「知ってるでしょう。誰もいないって」

「キスしたことも」

「ないわ、誰とも」

彼女が言い、二十歳にもなって完全無垢な娘が昭和にはいたのだと純二は感動し、同時に激しく股間が熱くなってきた。

してみると自分は二十四歳。まだ彼女もなく、学生時代に一度だけバイト代を貯めて風俗へ行ったが、あまりに無味無臭で味気なく、女体に触れたのはそれ一度きりだった。だから、今はまだ素人童貞だった頃なのだ。

(や、やり直したい!)

純二は思った。退職金目当てに定年離婚を考えている冷たい妻や、三十半ばになって反抗期を続け、二階に引き籠もっているオタク息子などと縁を切り、香苗と一緒に未来を変えたかった。

しかし、六十四歳の記憶を持ったギトギトの性欲を、この清純無垢な処女に向けて良いものだろうか。

だが今の自分は、二十四歳の若い肉体を持っているのだ。

しかも香苗だって、これから四十年、店を守って苦労したのである。

「ね、二階で休ませてくれるかな。少しだけ」

「いいわ、待ってね」

言うと、前から好意を持ってくれていたらしい香苗が答え、店の戸締まりをして灯りを消し、先に二階へと上がっていった。純二も従い、先に上がる彼女の脹ら脛を見て、スカートの巻き起こす風を嗅ぎながらピンピンに激しく勃起した。

期待と興奮に、熱い性欲、こんな感情を持つのは何十年ぶりだろう。

二階に上がると、そこは二部屋。茶の間には丸い卓袱台とブラウン管テレビがあった。

香苗は純二を奥の寝室に招いてくれた。

3

「恥ずかしいわ。お布団が敷きっぱなしで」

香苗が言い、純二は上着を脱いで布団に腰を下ろした。ひと組だけなので香苗の布団だろう。

「横になってもいい？」

「ええ、頭を冷やす？」

「ううん、出来れば添い寝して」

思いきって言ってしまった。やはり四十年前にタイムスリップなどと言う非現実的な事態に遭遇すると、夢の中にいるように何でも口に出せた。

「ええっ？　何だかドキドキしてきたわ……」

香苗がモジモジと言うので、彼は手を握って引っ張り、一緒に横になってしまった。

「あん……」

香苗は声を洩らして体を縮めたが、拒んではいないようだ。

新入社員として上司に苛められ、友人もおらず、毎日のように退社後に蘭に来てコーヒーを飲み、香苗の顔を見るのが楽しみだった頃が甦り、今ようやく願いが叶った思いだった。

彼は甘えるように腕枕してもらい、彼女のブラウスの胸に顔を埋めた。

腋からは生ぬるく甘ったるい汗の匂いが漂い、目の前で息づく膨らみは意外に豊かだった。

香苗はじっと身を硬くしていたが、彼女吐き出す湿り気ある息が、甘酸っぱく鼻腔を刺激し、もう堪らずに純二は顔を寄せ、ピッタリと唇を重ねてしまった。

「ンン……」

香苗が小さく呻いたが応じるように長い睫毛を伏せた。

純二は無垢な唇の、柔らかなグミ感覚の弾力とほのかな唾液の湿り気を味わい、そろそろと舌を挿し入れていった。

滑らかな歯並びを左右にたどると、ようやく香苗の歯も開かれ、侵入を許してくれた。

かぐわしい口の中で舌を探ると、滑らかな感触と清らかな唾液のヌメリが伝わってきた。

彼は執拗にネットリと舌をからめながら、そろそろとブラウスの膨らみにタッチすると、

「ああッ……」

香苗が、ビクリと口を離して喘いだ。同時に、甘酸っぱい果実臭の吐息が彼の鼻腔を刺激し、もう堪らずに彼女のブラウスのボタンを外しはじめてしまった。

「ね、脱いじゃおうね」

囁くと、香苗も以前からこうした初体験の想像はしていたようで、すぐにも覚悟を決めたように途中から自分で脱ぎはじめてくれたのだった。

純二は歓喜に包まれながら身を起こし、自分も手早く服を脱ぎ、全裸になると再び横になって待った。枕には、香苗の匂いが悩ましく沁み付き、その刺激が鼻腔から股間に激しく伝わった。

身を起こして脱いでいた香苗も、少々ためらい勝ちに最後の一枚を脱ぎ去ると、

一糸まとわぬ姿で再び横になった。

彼女を仰向けにさせて見下ろすと、形良い乳房が忙しげに息づき、乳首と乳輪は清らかな薄桃色をしていた。

全体的にぽっちゃりとしているが、ウエストはくびれ、股間の翳り（かげ）は淡く、実に健康的な肢体をしていた。

今まで服の内に籠もっていた熱気も、甘い匂いを含んで立ち昇った。

4

「あう、くすぐったい」

純二が、チュッと乳首に吸い付いて舌で転がすと、香苗がクネクネと身悶えて呻いた。

彼は左右の乳首を順々に含んで舐め回し、顔中を柔らかく張りのある膨らみに押し付けて感触を味わった。

香苗は刺激で、少しもじっとしていられないほど身をくねらせ、そのたびに甘ったるい汗の匂いを生ぬるく漂わせた。

純二はさらに彼女の腕を差し上げ、スベスベの腋の下にも鼻を埋め込み、濃厚な処女の体臭で胸を満たした。

そして滑らかな肌を舐め降り、愛らしい縦長の臍を探り、ピンと張り詰めた下腹にも顔を押し当てて弾力を味わった。

しかし肝心な部分は最後に取っておきたい。

貴重な処女を味わっているのだから、性急に済ませるのは惜しいのだ。

彼は意外に豊満な腰のラインから、ムッチリした太腿をたどり、脚を舐め降りていった。

香苗は身を投げ出したまま、羞恥と刺激に自分が何をされているかも分からなくなったように、ただ荒い息遣いを繰り返していた。

足首まで舐め降りると、純二は足裏に回り込み、彼女の踵から土踏まずを舐め、縮こまった指先に鼻を割り込ませた。

嗅ぐと、指の股は生ぬるい汗と脂にジットリ湿り、ムレムレの匂いが濃厚に沁み付いていた。

彼は蒸れた匂いを貪ってから爪先にしゃぶり付き、順々に指の間に舌を割り込ませて味わった。

「あう、ダメ、汚いのに」

香苗がビクッと脚を震わせて呻いた。構わず純二は、両足とも全ての指の股を舐め、味と匂いが薄れるほど貪った。

そして股を開かせ、脚の内側を舐め上げながら股間に迫っていった。

白く滑らかな内腿をたどり、中心部を見ると、ぷっくりした丘には楚々とした恥毛が煙り、丸みを帯びた割れ目からはピンクの花びらがはみ出していた。

そっと指を当てて左右に広げると、香苗がビクリと内腿を震わせた。

奥には、花弁のように襞の入り組む無垢な膣口が息づき、うっすらと潤いはじめているようだ。

もう二十歳なのだから、オナニーぐらいしているに違いない。

ポツンとした小さな尿道口も確認でき、包皮の下からは真珠色の光沢あるクリトリスがツンと顔を覗かせていた。

思えば、こんなにジックリ女性器を観察するのは初めてだった。

女房とは、息子が生まれる頃には冷えた関係になっていたし、一度行ったきり風俗にも行かず、素人女性と浮気したこともない、とにかく一度目は臆病で真面目一徹な人生だったのだ。

（だが、二度目は違う。せっかく青春を取り戻したんだ！）

純二は思い、吸い寄せられるように香苗の股間にギュッと顔を埋め込んでいった。

柔らかな若草に鼻を擦りつけると、隅々には腋に似た甘ったるい汗の匂いが籠もり、それにほのかなオシッコの匂いと、処女特有の恥垢か、淡いチーズ臭も混じって鼻腔を掻き回してきた。

5

（昭和だなあ……）

純二は、香苗の割れ目を嗅いで、舌を這わせながら思った。まだ洗浄機付きトイレも普及していないから、みな女性はナマの匂いを籠もらせていたのだった。

彼は舌を挿し入れ、処女の膣口の襞をクチュクチュ掻き回し、ゆっくり小粒のクリトリスまで舐め上げると、

「アアッ……！」

香苗が熱く喘ぎ、内腿でムッチリときつく彼の両頬を挟み付けてきた。

生ぬるいヌメリは淡い酸味を含み、すぐにも彼の舌の動きをヌラヌラと滑らかにさせた。

なおもクリトリスを舐めると、彼女は顔を仰け反らせ、白い下腹をヒクヒクと波打たせ、蜜の量が格段に増してきた。

やはりここが最も感じるのだろう。

さらに純二は彼女の両脚を浮かせ、大きな水蜜桃のような尻に迫った。

谷間には、可憐なピンク色をした蕾が恥じらうようにキュッと閉じられ、鼻を埋め込むと顔中に弾力ある双丘が密着した。蕾には、蒸れた秘めやかな匂いが籠もり、

(昭和だなあ……)

また純二は思い、感激と興奮の中で彼女の恥ずかしい匂いを貪って舌を這わせた。

収縮する襞を濡らし、ヌルッと潜り込ませて滑らかな粘膜を探ると、

「あう、ダメ……!」

香苗が呻き、肛門でキュッときつく彼の舌先を締め付けてきた。

純二が舌を蠢かせると、香苗はむずがるように腰をよじり、脚を下ろしてし

まった。

ようやく彼も股間を這い出して再び添い寝し、香苗の手を握ってペニスに導いた。

すると触れた香苗が、一瞬ビクリと手を離そうとしたが、急に好奇心が湧いたか、そろそろと幹を撫で、汗ばんで生温かな手のひらに包み込んでくれたのだ。

そして硬度や感触を確かめるように、ニギニギと動かしてきた。

「ああ、気持ちいい……」

純二は、無邪気な愛撫に幹をヒクつかせて喘いだ。そして香苗の顔を股間の方へ押しやると、彼女も好奇心に突き動かされるように、素直に移動していったのだ。

純二も仰向けの受け身体勢になり、大股開きになると、香苗が真ん中に陣取って腹這いになり、股間に顔を寄せてきたのである。

「変な形……」

彼女は無垢な視線を熱く注いで言い、幹を撫で回し、張り詰めた亀頭をいじり、陰嚢まで探ってきた。そして二つの睾丸を確認してから、袋をつまんで肛門の方まで覗き込んだ。

「少しでいいから、お口で可愛がって」

言ってから、この時代ではいつシャワーを浴びたのかが急に気になった。まあ毎日アパートで身体を洗っているから大丈夫だろうと思っていると、香苗も厭わず顔を寄せてきた。

幹に指を添えて彼の股間に熱い息を籠もらせ、まるでソフトクリームでも舐めるように、肉棒の裏側をゆっくり舐め上げてくれた。

そして粘液が滲んでいるのも厭わず、尿道口もチロチロと舐め回してくれたのだった。

6

「ああ、いい……」

純二は快感に喘ぎ、今にも昇り詰めそうなほど高まってしまった。

このまま漏らして、無垢な口を汚してしまいたい衝動にも駆られるが、やはり香苗も初体験がしたいだろう。

さらに彼女は張り詰めた亀頭にもしゃぶり付いて、丸く開いた口でスッポリと呑み込んでくれたのだった。

「アア……」

彼は、生温かく濡れた口腔に包まれて喘いだ。

香苗も精一杯深く頰張って、熱い鼻息で恥毛をそよがせ、幹を丸く締め付けて無邪気に吸ってくれた。口の中ではクチュクチュと滑らかな舌がからみつくように蠢き、たちまち彼自身は、処女の清らかで生温かな唾液にどっぷりと浸って震えた。

彼は快感に任せてズンズンと小刻みに股間を突き上げると、

「ンン……」

喉の奥を突かれた香苗が小さく呻き、自分も合わせて顔を上下させ、スポスポと強烈な摩擦を開始してくれた。

「も、もういいよ、いきそう……」

いよいよ絶頂を迫らせて言い、腰をよじるとようやく香苗も、チュパッと軽やかな音を立てて口を離してくれた。

抱き寄せて仰向けにさせ、彼は入れ替わりに身を起こした。

(大丈夫かな、コンドームも持っていないし)

思ったが、一度目の味気ない人生に比べれば、ここで香苗に子供を生んでもらって一緒になる方がずっと良いと意を決した。

それに未来の知識を持っているのだから、どこへ行っても仕事は出来るだろう。

彼女の両脚を開かせて股間を進め、充分すぎるほど蜜の溢れている割れ目に先端を押し付け、ヌラヌラと擦りつけながら位置を定めた。

「いい？」

念のために訊くと、香苗も覚悟を決めているように目を閉じて、小さくこっくりした。

純二は呼吸を計りながら、グイッと股間を進めた。すると張り詰めた亀頭が処女膜を丸く押し広げ、ズブリと潜り込んだ。

「あう……」

香苗が眉をひそめて呻いたが、あとは大量のヌメリに助けられ、ヌルヌルッと滑らかに根元まで吸い込まれていった。

純二もきつい締め付けと肉襞の摩擦、熱いほどの温もりと潤いに包まれながら、感激の中で股間を密着させた。

そして両足を伸ばして身を重ねると、香苗も下から激しく両手を回してしがみついてきた。

胸の下で張りのある乳房が押し潰れて弾み、恥毛が擦れ合い、コリコリする恥骨の感触も伝わってきた。

(ああ、とうとう香苗と念願の一つになった)

純二は感激と快感に包まれながら思い、まだ動かず温もりと感触を味わった。

上からピッタリと唇を重ね、再び舌をからめながら、香苗の甘酸っぱい息を嗅いで高まった。

様子を見ながら、そろそろと小刻みに腰を突き動かしはじめると、

「アアッ……!」

香苗が口を離して熱く喘いだが、愛液で動きが滑らかになっていった。

7

「い、いきそう……」

純二は徐々にリズミカルに腰を動かしながら言うと、香苗も下から両手を回してシッカリしがみついていた。

腰を突き動かすたびにピチャクチャと淫らに湿った摩擦音が聞こえ、揺れてぶつかる陰嚢も生温かな蜜にネットリとまみれた。

「痛くない？」

「ええ、大丈夫……」

気遣って囁くと、香苗が健気に答えた。

高まると妊娠が気になったが、彼女からは、六十歳の時も子供がいたという話は聞いていない。

してみれば逆に、ここで彼女が孕めば自分の力で未来が変えられる証明になるかも知れない。

そう思うと、急激に快感が高まり、純二はきつい肉襞の摩擦と、香苗の果実臭の吐息の中で激しく昇り詰めてしまった。

「く……！」

絶頂の快感に貫かれて呻くと同時に、熱い大量のザーメンがドクンドクンと勢いよく柔肉の奥にほとばしった。

やはり六十四歳の意識に二十四歳の肉体の快感はあまりに大きく、その量も多かった。そう、若い頃は快感も実に大きかったのである。

「あ、熱いわ……」

噴出を感じたか、香苗がか細く言った。そして内部に満ちるザーメンで、さらに動きがヌラヌラと滑らかになった。

純二は、絶頂の最中だけは気遣いも忘れ、股間をぶつけるように激しく動きながら快感を噛み締め、最後の一滴まで出し尽くしてしまった。

すっかり満足して徐々に動きを弱め、力を抜いてもたれかかると、

「ああ……」

香苗も、破瓜(はか)の痛みが麻痺したように肌の強ばりを解き、声を洩らしてグッタリと身を投げ出していった。

まだ膣内はキュッキュッと息づくような収縮が繰り返され、刺激された幹が中で過敏にヒクヒクと跳ね上がった。

「あう、まだ動いてる」

香苗も敏感になっているように呻き、純二は彼女の甘酸っぱい吐息を胸いっぱいに嗅ぎ、うっとりと快感の余韻を味わったのだった。

あまり長く乗っているのも悪いので、彼は呼吸も整わないうち、そろそろと身を起こして股間を引き離した。

ティッシュの箱があったので手にしてペニスを拭い、香苗の股間に潜り込んだ。

見ると花びらが痛々しくめくれ、指で広げると膣口から逆流するザーメンにうっすらと血が混じっていて、彼は香苗の処女を奪ったことを実感した。

しかし、それほど多い量ではなく、すでに出血も止まっているようだ。

純二は、そっとティッシュを当てて優しく拭き清めてやった。

「いいわ、洗うから」

と、香苗が言って懸命に身を起こし、二階にあるバスルームに入っていった。

聞いていると、カチンと音がしてガスが点火された。

そう、この時代はクランクを回転させて点火する方式だったのだ。

シャワーの音がすると純二も懐かしく思いながらバスルームに入って、一緒に身体を洗い流したのだった。

8

「テレビ点けていい？」

身体を拭いてバスルームを出ると、純二は言ってスイッチを入れた。

回転チャンネルのブラウン管だが、映るとカラーだった。

未来のスナック蘭子の閉店は十二時だが、ここ四十年前の昭和五十四年の純喫茶蘭の閉店は十時だから、いま十一時を少し回った頃だ。

「うわ、『11PM』だ……」

純二は言い、他のチャンネルも回して、インベーダーゲームや天中殺、口裂け女などの話題を懐かしく見た。

「何が珍しいの？　アパートにもテレビあるでしょう」

香苗も出てきて、洗濯済みの下着を穿いてパジャマを着た。

純二は、さらにそこにあった新聞も開き、ウォークマンやダブルラジカセの発売記事を見た。

「すると、カラオケボックスはまだ出来ていなくて、ワードプロセッサが出来たばかりか。確かパーソナルコンピュータも何百万円の時代だぞ」

「何を言ってるの。頭を打った後遺症かしら」

香苗が言って近づき、彼の額にそっと手のひらを当てた。

その瞬間、また純二は反応し、若いペニスがムクムクと回復してきたのである。

確かに二十代の頃は、毎日二回三回とオナニーしていたのだ。それぐらい若いペニスは元気で、まして今は可憐な生身の香苗がいるのだから、ここはもう一回ぐらい射精しておかないと今夜眠れないだろう。

「ね、また勃ってきちゃった……」

甘えるように言ってすり寄り、自分は全裸のまま、パジャマ姿の香苗を布団に押し倒した。

「あん、もうダメよ。まだ中に何か入っているみたいな気がするから」

香苗が困ったように言った。彼女にしてみても念願の初体験をしたのだが、さすがに続けてするのは酷だろう。

「じゃ、指でいいからしてほしい」

純二は、甘えるように腕枕してもらいながら言い、彼女に握って動かしてもらった。

「こう？　強くない？」

香苗も言い、素直にニギニギとぎこちなく動かしてくれた。

「ああ、気持ちいいよ」

純二はうっとりと香苗の愛撫に身を委ね、彼女の吐き出す甘酸っぱい息を嗅ぎながら高まっていった。

「ね、指を動かしながらキスして。そして唾をいっぱい注いで」

「変なの。普通のキスじゃダメなの？」

せがむと、香苗は小首を傾げて言いながらも、上からピッタリと唇を重ねてくれた。

舌を挿し入れると香苗もチロチロと蠢かせてくれた。純二は、滑らかな舌を味わいながら絶頂を迫らせていった。

「ンン……」

香苗も熱く鼻を鳴らして、何とか願いを叶えてくれ、懸命に唾液を分泌させると口移しにトロトロと注ぎ込んでくれた。

純二は小泡の多い清らかなシロップを味わい、うっとりと喉を潤した。

香苗が指の動きを忘れると、純二がヒクヒクと幹を震わせ、また香苗が愛撫を再開してくれた。

9

「い、いきそう。お願い、お口でして……」

すっかり絶頂を迫らせた純二が喘いで言うと、香苗も嫌がらず顔を移動させた。
そして彼の脚の間に腹這うと股間に屈み込み、張り詰めた亀頭にしゃぶり付いてくれた。

「ああ、深く入れて」

純二が快感に任せ、図々しく言うと香苗もすぐにスッポリと喉の奥まで呑み込み、幹を丸く締め付けて吸った。

熱い鼻息が恥毛をくすぐり、口の中ではクチュクチュと舌がからみついて、たちまち肉棒は可憐な香苗の清らかな唾液に温かくまみれた。

純二が高まりながら、ズンズンと股間を突き上げると、

「ンン……」

喉の奥を突かれた香苗が小さく呻き、さらに多くの唾液を出しながら、合わせて小刻みに顔を上下させた。

濡れた唇が、張り出したカリ首をクチュクチュと摩擦し、純二はまるで全身が彼女のかぐわしい口に含まれ、唾液にまみれ舌で転がされているような快感に包まれた。

「い、いく……！」

とうとう純二は二度目の絶頂に貫かれて快感に口走り、ありったけのザーメンをドクンドクンと勢いよくほとばしらせてしまった。

「ク……」

すると喉の奥を直撃された香苗が呻き、それでも噴出を受け止めながら、摩擦と吸引を続行してくれた。

「ああ、気持ちいい……」

純二は身悶えながら声を洩らし、清らかな口の中に、心置きなく最後の一滴まで出し尽くしてしまった。

「アア、良かった。ティッシュに吐き出していいからね……」

全身の硬直を解いた純二は満足げに言い、グッタリと身を投げ出した。

しかし香苗は亀頭を含んだまま、口に溜まったザーメンをコクンと一息に飲み込んでくれたのである。

「あう……！」

喉が鳴って嚥下されると同時に口腔がキュッと締まり、彼は駄目押しの快感に呻いてピクンと幹を震わせた。

すると、ようやく香苗がチュパッと口を離し、なおも余りをしごくように幹を握って動かした。

そして彼女は尿道口に脹らむ白濁の雫を不思議そうに見つめ、鼻を寄せて嗅ぎ、さらにチロチロと丁寧に舐め取ってくれたのだった。

「あう、も、もういいよ、どうもありがとう……」

純二は刺激にクネクネと腰をよじり、過敏に幹を震わせた。

香苗も舌を引っ込め、チロリと舌なめずりしながら添い寝してきた。

「飲んじゃったの？　不味くなかった？」

「ええ、少し生臭いけど平気……」

訊くと香苗が答え、純二は彼女の吐息を嗅ぎながら余韻に浸った。

香苗の息にザーメンの生臭さは残っておらず、さっきと同じ可愛らしく甘酸っぱい果実臭がしていた。

「さあ、そろそろ帰らないと。今夜のこと忘れないよ」

「私も……」

呼吸を整えて言うと、香苗も答えてくれた。

10

「じゃまた寄るからね、おやすみ」

見送りに出た香苗に手を振って言い、純二はアパートへの道を歩いた。

四十年で町並みは変わったが、道路そのものは同じなので、それほど迷わず帰り着くことが出来た。二階建てで、上下三世帯ずつの木造アパートで、ポケットの財布にはキイも付いていた。

未来の記憶を持っている純二にしてみればほぼ四十年ぶりの帰宅だが、この時代の自分は昨日も帰宅したのだから、荒れ果てていることはないだろう。

一階の隅の部屋で、鍵を開けて入ると、タバコや男の不潔な体臭が感じられた。

ドアをロックして上がり込み、灯りを点けると懐かしい眺めだった。

四畳半に狭いキッチン、あとはバストイレと押し入れだけだ。

万年床が敷かれ、机に本棚、小型テレビに折りたたみ式の座卓。

そう、自分はここに大学一年から、就職二年目まで住んだのである。

クズ籠はザーメンを拭いたティッシュで溢れ、部屋の隅にはオカズ用のヌード雑誌やビニ本が積まれていた。

そう、この頃はビデオデッキが欲しかったのだが、二十万以上するので薄給ではとても買えなかったのだ。

湘南の実家へ行けば、まだ若い両親がいるのだろう。

小型冷蔵庫を開けると麦茶が薬缶ごと入っていて、あとは漬け物と魚肉ソーセージだけ。冷蔵庫の上には、インスタントラーメンの、なんちゅうか本中華。小型炊飯器に、最も安い徳用上米。洗濯機はないので、近所のコインランドリー。

机の上や引き出しを調べると、徐々に当時の記憶が甦ってきた。

特に小遣い帳も日記も付けていないので、厳密に昨日どうしていたか分からないが、毎日それほど変わり映えしていなかったはずだ。

トイレは洋式水洗、バスルームは、やはりクランク式のガス釜。

(四十年前か……)

純二は、あらためて思いながら着替えた。

とにかく会社のコーダで、新工場への転勤だけ何とか拒めば、嫌な女房と出会うこともなく、嫌な息子も生まれてこないだろう。

そして香苗と一緒に新たな未来を作れば良い。

かつて読んだ本は記憶しているので、もう買わなくて良いし、余分な金で未来に役立つ勉強をしようと思った。

何しろ、これから何が流行り、何が消えていくのかが大体分かっているのである。

(とにかくコンピュータだな。そしてアナログからデジタルだ)

宝くじや競馬の当たり番号は分からないが、鑑定団で高価になる玩具を買っておくのも良い。

今夜は香苗の家でシャワーを浴びたから、もう寝ることにした。

目覚まし時計をセットし、灯りを消して横になったものの、果たして明朝、同じこの部屋で目覚めるかどうか不安だったが、純二は香苗相手の二回の射精に満足し、すぐにも深い眠りに就いていったのだった。

11

(朝か。やっぱりこの部屋だ……！)

目覚まし時計の音で目覚めると、純二は飛び起きて室内を見回した。

やはり今は四十年前の昭和五十四年。自分は二十四歳の肉体だが、六十四歳までの記憶を持っていた。

とにかく彼はトイレに入ってから顔を洗い、インスタントラーメンの朝食を食って麦茶を飲み、着替えて出勤することにした。

施錠してアパートを出ると、道に迷うことなく電車に乗った。

「あら、清田さん」

「あ……、おはようございます」

満員電車で女性に声をかけられ、はて、見覚えはあるが誰だったかと必死に頭を巡らせた。

三十歳前後のセミロングの髪をした美女で、高級そうなスーツ姿が颯爽としている。

「静岡工場のスタッフが揃いはじめているわ」

彼女が言い、純二はほんのりとした花粉のように甘い吐息と、香水の香りを感じた。

（お、思い出した。社長令嬢の部長だ……）

純二は、やっと記憶を甦らせた。彼女は幸田佐知子（こうださちこ）と言い、四十年後には父親の後を継いで社長になっているのだ。

確か今は三十歳の独身で、純二のいる企画部の部長。

「そ、その新工場のことですが」

「ええ、何？　あなたも真面目だからスタッフに加えようと思っているのだけど」

「それはどうか保留にして下さい。本社の企画で、やりたいことが山ほどあるので」

「何だか普段のあなたと違うわね。いつもは、朝は眠そうなのに」

「はい、生まれ変わりました。今日から」

「何かあったようね。後でゆっくり話を聞くわ」

佐知子は甘い匂いを漂わせて言い、やがて駅に着いて人混みの中で一緒に降りた。

そう、新入社員の純二は、この美人上司の面影でも、妄想オナニーでお世話になっていたのだ。

香苗は可憐すぎて、どうせ処女だろうから、自分の素人童貞を捧げて手ほどきしてもらうなら、この佐知子だったら申し分ないと、年中思っていたのである。

やがて企画部のオフィスに入ると、

「清田君、こないだのレポートまだ出来てないんだろう！」

いきなり課長の根津が怒鳴りつけてきた。三十歳の独身で癇癪持ち、上にへつらい部下に威張る嫌な奴だった。

「あ、彼はいいのよ。別の人にやらせて。私の用があるから」

「ぶ、部長……」

佐知子が言うと、根津は直立不動になった。同い年だが、何しろ美人の部長だし、社長令嬢なので根津は頭が上がらず、密かに結婚したいような無謀な願望も抱いているようだった。

「じゃ、清田さん、来て」

彼女に言われ、純二は根津の嫉妬の眼差しを背に受けながら、彼女についてオフィスを出た。

佐知子は純二を、社長室の奥にある私室に招いた。いま社長はアメリカ出張中である。

やがて二人は、ソファに差し向かいに座った。

12

「何だか分からないけれど、急に自信が付いたようね。私より年上みたいな貫禄が感じられる」

部長の佐知子は、じっと正面から純二を見つめて言った。

さすがに彼女も、未来では敏腕の社長になる器だから、見る目と勘は鋭いのだろう。

「はい、信じられないでしょうが、正直に言います。僕は実は六十四歳で、ゆうべ急に、四十年前の今に戻ってきました」

「え……？」

真面目な顔つきで言うと、佐知子は一瞬怪訝（けげん）そうな表情をした。

「続けて」

「もし部長が、急に二十年前に戻ったらどうします？」

「そ、それは、二十年後までの記憶があるなら、好きな生き方が出来そうね。しかも若い身体があれば……」

さすがに佐知子は聡明だった。

「ええ、僕の場合、四十年後までが大体分かります。しかも、ずっとコーダに居ましたから」

「それで、新工場には行きたくないの？」

「ええ、向こうで出会う女房に会いたくないし、新たな人生を拓(ひら)きたいんです」

「面白いわ」

佐知子は、夢物語と一蹴せず、本気で興味を持ったように身を乗り出した。胸元から僅かに巨乳の谷間が見え、興奮によるものか、濃くなった甘い匂いが漂った。

「うちの社の未来も分かるの？」

「はい、これからレコードやカセットテープに替わり、コンパクトディスクが主流になります」

純二は言った。

電機メーカーのコーダは、大手からの発注で、レコードやテープの製作にも関わっているのだ。

「分かったわ」

佐知子が言い、長い脚を組むと裾の奥のムッチリした内腿が覗いた。

「も、もう分かったのですか……」

「ええ、分かったから、一つだけ約束して」

「はい、何でしょう」

「未来の記憶を、私以外誰にも話さないという約束を」

「は、はあ……」

純二は少し考えた。

だか佐知子は、全面的に信じてくれているようで、それは嬉しいことだった。

「なぜ、すぐに信じてくれるんですか？」

「普段私と喋る時、いつも緊張してオドオドしている君が、今日は全く違うから。それがきっと、人生経験を積んだ六十四歳の貫禄なのでしょう」

さすがに佐知子は、僅かな変化も察知しているようだ。

「未来の思い出は、つい人に言いたくなるでしょうけど、私だけにして。その代わり、大事なパートナーとして、何でもしてあげる」

佐知子が、熱っぽい眼差しを向けた。

「今の君は、恐らく童貞か、それに近いでしょう。私を好きにして、身体も心も一つにしたいの。未来のために」

彼女の言葉に、純二はある種の感動を覚えた。

こんな荒唐無稽な話にここまで乗ってくれる人はいないだろう。

同時に純二は、激しく股間を熱くさせてしまったのだった。

第二章　美人上司の蜜

1

「分かりました。未来の記憶は、部長以外の誰にも話しません」

純二が言うと、佐知子は熱っぽい眼差しを向けながら満足げに頷いた。

「じゃ契約成立ね。今から私と君は、部長と平社員じゃなく秘密のパートナーよ」

佐知子は言って立ち上がり、純二を奥の部屋に招き入れた。

そこはカウンターバーやベッドがあり、別世界のような光景が広がっていた。

恐らく社長の私室なのだろうが、ほとんど娘の佐知子が私室として使用しているようだった。

純二は、まさか社屋の最上階に、こんな豪華な部屋があるとは思わず目を見張った。

「脱いで。パートナーになる儀式よ。何でも好きにして構わないわ」

佐知子が言うなり、上着を脱ぎはじめたのだ。

「え……」

「朝からするなんて、ドキドキするわね」

彼女は言い、甘い匂いを揺らめかせながら、見る見る白い肌を露わにしていくではないか。

純二も激しく勃起し、戸惑いながらも脱ぎはじめた。

それほど佐知子は、彼の話を信じ、その知識を独占しようとしているのだろう。同時に、彼女も相当に淫気を溜め込んでいるに違いない。

やがて純二は全裸になり、先にベッドに潜り込んだ。もちろん佐知子の住まいは別にあるので、枕カバーも洗濯済みの匂いがするだけだった。

佐知子も彼に背を向け、ためらいなく黙々と脱ぎ去っていった。

服の内に籠もっていた熱気が解放され、甘い匂いを含んで室内に立ち籠めはじめた。

佐知子が最後の一枚を脱ぐ時、彼の方に尻が突き出された。実に白く豊満な尻で、純二はその眺めだけで暴発しそうになったものだ。

一糸まとわぬ姿になった佐知子が向き直り、ベッドに上ってきた。

「何でも言って」

「え、ええ……、じゃ僕のここに座って下さい」

艶めかしく囁かれると、純二も以前から佐知子にしてもらいたかったことを口にしてしまい、自分の下腹を指した。

「え？　ここに跨いで座るの？」

佐知子は驚いたように言いながら、それでも興味を持ったように、仰向けの彼の下腹を跨ぎ、そっと座り込んでくれた。

「ああ、変な気持ち」

佐知子が言い、純二も、自分の下腹に彼女の股間が密着すると激しい興奮と感激に包まれた。

「それから？」

「脚を伸ばして、僕の顔に足の裏を……」

「まあ、重いのに大丈夫かしら」

言うと佐知子も答えながら、そろそろと長い脚を伸ばし、両の足裏を彼の顔に乗せてくれたのだった。

「アア……」

純二は快感に喘ぎながら、僅かに立てた両膝に彼女を寄りかからせ、まるで人間椅子になった心地で美人上司の全体重を受け止めた。

佐知子は着痩せするたちなのか、乳房も尻も実に豊満で、彼の下腹に密着する割れ目が潤いはじめていた。

2

「あう、くすぐったいわ」

純二が彼女の足裏に舌を這わせると、佐知子が呻き、クネクネと腰をよじらせた。

そのたび濡れた割れ目が彼の下腹に擦り付けられ、潤いが増してくるのが分かった。

彼は美人上司の体重を受けながら足裏を舐め、形良く揃った指にも鼻を割り込ませて嗅いだ。

足指の股は生ぬるい汗と脂に湿り、蒸れた匂いが濃く沁み付いていた。

やはりこの時代、それほど朝シャワーの習慣はなく、昨夜入浴したきりだろう。

純二は美女の蒸れた匂いを貪ってから爪先にしゃぶり付き、両足とも全ての指の間を舐め尽くしてしまった。

佐知子もくすぐったそうにしながらも拒まず、熱く息を弾ませていた。

「じゃ、僕の顔にしゃがみ込んで下さい」

彼女の両足首を持ち、顔の左右に置いて言うと彼女も腰を浮かせて前進してきた。

和式トイレスタイルで完全にしゃがみ込むと、純二の鼻先に熟れた割れ目が迫り、スラリと長い脚がM字になってムッチリと張り詰めた。

ふっくらした丘には、黒々と艶のある恥毛が程よい範囲に茂り、肉づきが良く丸みを帯びた割れ目からは、ピンクの花びらがはみ出し、今にもトロリと滴りそうなほど雫が脹らんでいた。

そっと指を当てて陰唇を広げると、襞の入り組む膣口が妖しく息づき、ポツンとした尿道口も確認でき、包皮の下からは小指の先ほどもあるクリトリスが、真珠色の光沢を放ってツンと突き立っていた。

「アア、恥ずかしいわ。そんなに見ないで……」

佐知子が息を詰めて言い、中の柔肉を蠢かせた。

彼女は独身だが、三十歳なのだから何人かの男と付き合い、充分に快楽も知っているだろう。

純二は彼女の豊満な腰を抱き寄せ、ギュッと股間に顔を埋め込んだ。

柔らかな恥毛に鼻を擦りつけて嗅ぐと、隅々には濃厚に甘ったるい汗の匂いが籠もり、それにほのかな残尿臭も混じって悩ましく鼻腔を刺激してきた。

やはり処女の香苗とは違う、熟れた美女の匂いである。

純二はうっとりと胸を満たして嗅ぎながら、割れ目に舌を挿し入れていった。

淡い酸味のヌメリに満ちた膣口を掻き回し、滑らかな柔肉をたどってクリトリスまで舐め上げていくと、

「ああッ……！」

佐知子がビクリと反応し、熱く喘いだ。

彼がチロチロとクリトリスを舐めると、さらに愛液の量が増し、彼女は思わず

ギュッと座り込みそうになるたび、懸命に彼の顔の左右で両足を踏ん張った。

純二は佐知子の味と匂いを堪能してから、さらに白く豊満な尻の真下に潜り込んだ。

谷間には薄桃色の蕾がひっそり閉じられ、彼は顔中にひんやりした双丘を受け止めながら鼻を埋めて嗅いだ。

蕾には蒸れて秘めやかな微香が生ぬるく籠もり、悩ましく鼻腔を刺激してきた。

3

「あう、ダメよ、そんなところ……」

純二が蕾の匂いを貪ってチロチロと舌を這わせると佐知子が呻いた。

彼は細かな襞を舐めて濡らし、舌を潜り込ませてヌルッとした滑らかな粘膜を探ると、

「く……!」

佐知子が声を洩らし、キュッと肛門で舌先を締め付けてきた。

中で舌を蠢かすと、

「も、もうダメ……」

佐知子が腰をよじって言うので、純二も再び舌を割れ目に戻し、大洪水になっている愛液をすすってクリトリスに吸い付いた。

「い、いきそうよ、今度は私が……」

すると佐知子がビクッと股間を引き離して言うなり、仰向けの彼の股間に顔を寄せてきたのだ。

純二が緊張と期待に胸を震わせながら大股開きになると、佐知子も真ん中に腹這い、熱い息を籠もらせた。

そして何と彼女は、自分がされたようにまず純二の両脚を浮かせ、尻の谷間に舌を這わせてくれたのである。

チロチロと舐められ、ヌルッと潜り込むと、

「あう……」

純二は申し訳ないような快感に呻き、キュッと肛門で佐知子の舌先を締め付けた。彼女も厭わず内部で舌を蠢かせてからようやく脚を下ろし、そのまま陰嚢を舐め回してくれた。ここも実に心地よい場所である。

佐知子は二つの睾丸を舌で転がし、たまにチュッと吸い付き、袋全体を生温か

な唾液にまみれさせてくれた。

そして身を乗り出すと、いよいよ肉棒の裏側をゆっくり舐め上げてきたのだ。

唾液に濡れた舌が滑らかに先端まで来ると、佐知子は幹に指を添え、粘液の滲む尿道口をチロチロと舐め、張り詰めた亀頭にもしゃぶり付いた。

さらに丸く開いた口で、スッポリと根元まで呑み込むと、セミロングの髪がサラリと股間を覆い、内部に熱い息が籠もった。

「ああ、気持ちいい……」

純二は快感に喘ぎ、美女の口の中で、唾液にまみれた幹をヒクヒクと上下させた。

佐知子も締め付けて吸い、口の中では念入りにクチュクチュと舌を蠢かせてくれた。

快感に任せて、思わず彼がズンズンと股間を突き上げると、

「ンン……」

佐知子は小さく呻き、新たな唾液をたっぷり出してペニスを浸してくれた。そして顔を上下させ、スポスポと強烈な摩擦を開始したので、

「い、いきそう……」

すっかり高まった純二は、警告を発するように言った。

すると佐知子も、すぐにスポンと口を引き離してくれたのだ。

「入れたいわ」

「ええ、跨いで上から入れて下さい……」

言うと、彼女もすぐに身を起こして前進し、ペニスに跨がってきた。

そして先端に割れ目を押し付け、位置を定めると息を詰め、ゆっくりと腰を沈み込ませた。

たちまち若いペニスは、ヌルヌルッと滑らかに膣口に呑み込まれていったのだった。

4

「アアッ、いい……！」

根元まで深々と受け入れた佐知子は、顔を仰け反らせて喘ぎ、完全に座り込んでピッタリと股間を密着させた。

純二も、肉襞の摩擦と締め付け、温もりとヌメリに包まれながら快感を噛み締め、暴発しないように奥歯を噛んだ。

彼女はグリグリと股間を擦り付けてから、ゆっくりと身を重ねてきた。

純二は僅かに両膝を立てて豊満な尻を支え、下から両手を回してしがみついた。

まだ動かず、温もりと感触を味わいながら、潜り込むようにして巨乳に顔を埋め込んでいった。

乳首に吸い付いて舌で転がすと、

「ああ……」

佐知子が喘ぎ、豊かな膨らみをギュッと押し付けてきたので、彼は感触を顔中で味わいながら、心地よい窒息感に噎せ返った。

左右の乳首を順々に含んで舐め回し、さらに佐知子の腋の下にも鼻を埋め込み、ジットリ湿った甘ったるい汗の匂いを貪った。

舌を這わせると、微かに腋毛の剃り跡のざらつきが感じられ、

(昭和だなあ……)

と純二は興奮しながら思った。

そして彼女の白い首筋を舐め上げ、下からピッタリと唇を重ねると、

「ンン……」

佐知子も熱く鼻を鳴らしながら、ネットリと舌をからめてくれた。

純二は滑らかに蠢く舌を味わい、小刻みに股間を突き上げはじめた。

彼女が下向きなので、温かな唾液も注がれ、純二はうっとりと喉を潤しながら、徐々に突き上げを強めていった。

「アア、いい気持ち……」

佐知子が淫らに唾液の糸を引いて口を離し、喘ぎながら合わせて腰を遣った。

大量に溢れる愛液が動きを滑らかにさせ、クチュクチュと淫らに湿った摩擦音が響きはじめた。

愛液は陰嚢の脇を伝い、彼の肛門にまで生温かく流れてきた。

いったん動きはじめると、純二はあまりの快感に腰が止まらなくなってしまった。

それに颯爽たる佐知子に手ほどきされるなら、女上位でのしかかられたいと思っていたので、その願いが叶った感激も快感に加わった。

佐知子の口から吐き出される息は熱く湿り気があり、花粉のような甘い匂いを含んで、嗅ぐたびに彼の鼻腔が悩ましく刺激された。

純二もいよいよ高まって、絶頂を迫らせながら股間をぶつけるように突き上げ続けた。

やはり六十四歳のイヤらしさでは少しでも長く味わいたいのだが、二十四歳の若い肉体は、そうそう我慢できなくなっていたのだ。

すると、佐知子の方が先に膣内の収縮を活発にさせて、

「い、いっちゃう……、アアーッ……！」

声を上ずらせるなり、たちまちガクガクと狂おしいオルガスムスの痙攣を開始してしまったのだった。

その勢いに圧倒され、収縮に巻き込まれるように、続いて彼も昇り詰めてしまった。

5

「い、いく……！」

純二は突き上がる絶頂の快感に口走り、熱い大量のザーメンをドクンドクンと勢いよくほとばしらせた。

「あう、熱いわ！」

すると、奥深い部分を直撃され、噴出を感じた佐知子が呻き、駄目押しの快感を得たように激しく身悶えた。

あとは互いに息を詰め、黙々と股間をぶつけ合って快感を貪った。

純二は心置きなく最後の一滴まで出し尽くし、すっかり満足しながら徐々に突き上げを弱めていった。

「ああ……」

すると佐知子も声を洩らし、満足げに熟れ肌の強ばりを解いて力を抜くと、グッタリと彼にもたれかかってきた。

まだ膣内は名残惜しげな収縮がキュッキュッと繰り返され、射精直後のペニスが刺激されるたび、内部でヒクヒクと幹が跳ね上がった。

「あう、もう堪忍、暴れないで……」

すると佐知子も敏感になっているように呻き、幹の震えを抑えるようにキュッときつく締め上げてきた。

純二は彼女の重みと温もりを受け止め、熱く甘い吐息を間近に嗅ぎながら、うっとりと快感の余韻に浸り込んでいった。

（とうとう、二十歳で処女の香苗ばかりか、やがて社長になる美人上司とまで……）

純二は思い、この四十年前の世界での幸運を嚙み締めた。

「すごかったわ。これからも、互いに催したらお願い……」

佐知子が荒い息遣いで囁き、ようやく身を起こしてそろそろと股間を引き離した。

そして彼女はティッシュを取って手早く割れ目を拭い、ペニスに屈み込むなり、愛液とザーメンにまみれた亀頭にしゃぶり付いてきたのである。

「あう……、ど、どうかもう……」

念入りに舌を這わされると、純二はクネクネと腰をよじらせ、降参するように言った。

「じゃシャワー浴びましょう」

顔を上げた佐知子が、ヌラリと淫らに舌なめずりして言い、先にベッドを降りた。

彼もようやく呼吸を整えて身を起こし、あとからバスルームに入った。

中にはバスタブと洋式便器があり、佐知子はバスタブの中でシャワーの湯を出した。

純二も入って一緒に全身を洗い流すと、脂が乗り湯を弾く熟れ肌を見ているうち、またすぐにもムクムクと回復してきてしまった。

「まあ、もう？　これから色々お話ししようと思ったのに」

佐知子も気づき、呆れるように言った。

「い、いえ、大丈夫です。お話を先にしましょう」

純二は答え、やがて互いの全身を拭いた。

すぐにも二回戦目に入りたいのは山々だが、そう性急になることはないだろう。話をするうち、また催すだろうから、楽しみは後に取っておこうと思ったのである。

やがてバスルームを出ると、二人はいったん身繕いをした。

そして応接室に戻ったのだった。

6

「じゃ、未来のことをいろいろ訊くわね」

佐知子が新品のノートを開いて純二に言った。このノートが、やがて極秘資料になるのだろう。

彼女は思いつくまま、ファッションや流行、テレビや映画、歌のことなどを訊いてきた。

純二も年代は曖昧だが思い出せる限り話した。

「ふうん、カラオケボックスね……。仲間だけなら楽しいかも。私も、遠足のバスでマイクが回ってきたら嫌だったけど、仲良しだけなら歌ってもいいわ」

「ええ、歌合戦のレベルも上がります」

「首相は？」

「ええと、今が大平で、次は鈴木か中曾根、それから竹下に宮沢、宇野というのもいたか。細川村山羽田？　順序が分からない。橋本小渕小泉」

「いいわ、もう。ずいぶん変わるのね」

佐知子はメモしながら言ったが、やはり肝心な話題は企業や仕事のことであった。

「とにかくデジタル化です。ＰＣも今は何百万だけど、やがて手頃な値段になって各家庭で持つように」

「コンピュータを家庭で。何を計算するの？」

まだこの頃は、コンピュータというと電子計算機という印象があるのだろう。

「電話のように通信をします。資料も大量の文章と画像がすぐ送れます」

「それは便利だわ。家にいて会議も出来そう」

「その通りです。出張せず、海外とも交信できるので」

言うと佐知子は熱心にノートを取った。

屈むと胸の谷間が見えて、純二はこの美女とセックスしたのだと思うと勃起が治まらなかった。

この時代、まだまだファックスも主流になっていないが、その説明をしつつ、彼は次第に紙が要らなくなる移り変わりを話した。

携帯電話も、多くの機能があって誰もが持つようになることを話した。

「小型の電話機が、カメラにもなってテレビやニュースも見られるの？　未来だわ……」

佐知子が言い、逆に彼女の反応に純二は、また昭和だなと思った。

ふと彼女が顔を上げて言った。

「ポルノ解禁はした？」

「いえ、残念ながら。ヘアヌードぐらいで」

訊かれて驚きながら、純二はビニ本、裏本、アダルトビデオにＤＶＤ、さらには覗き部屋やメイド喫茶のことなどまで話した。

そして話題が際どいものになると、もう我慢できなくなってしまった。

「済みません。少し休憩して、またこれを……」

テントを張った股間を指して言うと、

「いいわ。でも私はもう充分だから挿入はナシでお願い」

佐知子が立ち上がり、こちら側に回って言う。

もうすっかり仕事モードになっているし、さっきの一回で充分に満足しているようだった。

純二も立ち上がって下着ごとズボンを下ろし、勃起したペニスを露出してソファに浅く座った。

すると佐知子が隣に座って横から身体を密着させると、やんわりと幹を手のひらに包み込んでくれたのだった。

7

「気持ちいい？」

　佐知子が甘い息で囁きながらペニスをニギニギと愛撫してくれ、純二も最大限に勃起しながら小さく頷いた。

　ベッドでなく社長室のソファで、しかも美人上司は着衣のまま、自分だけペニスを露わにしている状況が興奮を高めた。

　微妙なタッチで弄ばれながら唇を求めると、彼女も顔を寄せてピッタリと重ね合わせてくれた。

　舌をからめ、生温かな唾液をすすりながら美女の吐息を嗅ぐと、指の愛撫ですぐにも絶頂が迫ってきた。

「もっと唾を出して……」

　唇を触れ合わせながら囁くと、彼女も大量に分泌させ、口移しにトロトロと注ぎ込んでくれた。

　純二は美人上司の、小泡の多い清らかな唾液を味わい、うっとりと飲み込んで酔いしれた。

ようやく口を離し、

「アソコ舐めたい……」

甘えるように囁いた。

「ダメよ、今度夜にゆっくり」

しかし佐知子は指の愛撫を続けながら答えた。

「うん、いつ？」

「今夜は無理だから、また連絡するわ。今はお口で我慢して」

彼女が言うなりペニスに屈み込み、幹に指を添えながら、粘液の滲む尿道口を舐め回し、張り詰めた亀頭をくわえた。

さらにスッポリと喉の奥まで呑み込むと、口で丸く幹を締め付けて吸い、ネットリと舌をからめてきた。

「アア、気持ちいい」

純二も股間に熱い息を感じ、舌に翻弄されながら高まって喘いだ。

佐知子はたっぷりと唾液を出して肉棒を濡らし、小刻みに顔を上下させてスポスポと強烈な摩擦を繰り返しはじめた。

このまま上司の口に出して構わないのだろうかと、純二は絶頂を迫らせながら思い、自分もズンズンと股間を突き上げてしまった。

「い、いきそう……」

純二が言っても、佐知子は強烈でリズミカルな摩擦を止めなかった。

どうやら美女の口を汚しても構わないようだ。

それならと彼も我慢するのを止め、素直に快感を受け止めた。

まるで全身が美女のかぐわしい口に含まれ、唾液にまみれて舌で転がされているような快感だ。

しかも佐知子は摩擦と吸引、舌の蠢きを続けながら、指先でそっと陰嚢をくすぐり、手のひらに包み込んで付け根を揉んでくれるのだ。

もう堪らず、彼は昇り詰めてしまった。

「い、いく……！」

突き上がる大きな絶頂の快感に口走りながら、純二はありったけの熱いザーメンをドクンドクンと勢いよくほとばしらせて、佐知子の喉の奥を直撃した。

「ク……、ンン……」

噴出を受けながら彼女が熱く鼻を鳴らし、さらにチューッと強く吸い付いてきたのだ。

「あう……！」

純二は、強烈な快感に思わず腰を浮かせて呻いた。強く吸われると脈打つような射精のリズムが無視され、何やら陰嚢から直に吸い出されている感じだ。

まるでペニスがストローと化し、魂まで吸い取られる快感であった。

8

「き、気持ちいい……」

純二はクネクネと身悶えながら喘ぎ、とうとう最後の一滴まで佐知子の口の中に出し尽くしてしまった。

まるで放尿の最後に、何度も肛門を引き締めて余りを絞り出すような感覚である。

「ああ……」

彼はすっかり満足して声を洩らし、グッタリと力を抜いた。

そして満足以上に、美人上司の口に射精した禁断の興奮で、いつまでも激しい動悸が治まらなかった。

ようやく佐知子も吸引を止め、亀頭を含んだまま口に溜まったザーメンをゴクリと一息に飲み干してくれた。

「あう……」

喉が鳴って嚥下されると同時に口腔がキュッと締まり、純二は駄目押しの快感に呻いてピクンと幹を震わせた。

やっと佐知子がスポンと口を引き離し、なおも余りをしごくように指で幹を愛撫した。

そして尿道口に脹らむ、白濁の雫まで丁寧にペロペロと舐め取ってくれたのである。

「く……、も、もういいです。どうもありがとうございました……」

純二は過敏に幹を震わせて腰をくねらせながら律儀に礼を言った。

佐知子も舌を引っ込め、ヌラリと淫らに舌なめずりした。

「二度目なのに量が多いわ。それに若いから味も濃いのね」

熱っぽい眼差しで言われ、また純二はゾクリと胸を震わせてしまった。

しかしまだ午前中だし、思いもかけず佐知子を相手に二回も射精させてもらったのだから、もう今日は満足すべきであろう。

それにペニスを拭くまでもなく、全て佐知子が舌で綺麗にしてくれたので、彼は立ち上がって身繕いをした。

「じゃいったんオフィスに戻るわ。私も、教わりたい項目を思いついたらメモして渡すから、どんなことでも書き留めておいて」

「分かりました」

言われて、純二は彼女と二人で社長室を出ると、階下の企画部オフィスに戻った。

そして自分のデスクで手帳を開き、他に未来のことで思い出したことをメモしていると、

「何を書いてるんだ」

課長の根津がやって来て言い、手帳を覗き込もうとした。

すると佐知子が駆け寄って厳しく言った。

「根津さん、彼は極秘プロジェクトの一員なのだから、話したり覗いたりしないで」

「ご、極秘……、どうしてこいつが……」

根津が言い、また嫉妬と困惑の混じった眼差しで、純二と佐知子の顔を交互に見た。

「とにかく、アメリカにいる父と相談して決めたのよ。清田さん、ここではなく社長室を使っていいわ」

「はい」

言われて、純二は手帳をしまって答えると、立ち上がって再びオフィスを出た。

また根津は、要領を得ないまま憎悪の眼差しを純二の背に向けていた。

そして彼は社長室に一人で戻ったのだった。

9

(ここで、綺麗な部長とエッチしたんだな……)

純二は社長室で一人、思い出したことを脈絡もなく手帳に書き綴っていたが、ふと手を休めて思った。

奥のベッドではセックスを、このソファでは口内発射したのである。

また勃起しそうだが、社長室でオナニーしてしまうわけにはいかない。

そんなことを思っていると、そこへ佐知子が入ってきた。

「小さい手帳じゃ見にくいから、このノートを使って」

「分かりました」

佐知子が言い、純二は新品のノートを受け取った。

「それから、私が思いついたメモ」

彼女が紙片を出し、見ると文具や流行、化粧品や家庭用品のことなどの他に、ビジネスマン向けに売れた本の内容なども書かれていた。

「分かりました。じゃこれを元に思い出したことを書きますね」

「ええ、お願い」

「根津課長は大丈夫でしょうか」

「あんな人のこと気にすることないわ。それより、正式に君は私直属として、新工場のスタッフからは外したから」

言われて、純二はほっとした。これで未来の妻と会わずに済むし、嫌な息子も出来ないだろう。

「一つ教えて」

「何でしょう」

「そ、それだけは勘弁して下さい。誰かが先に知れば未来が変わってしまいます」

純二は答えた。佐知子のことだから内緒にせずビジネスに使いそうだからだ。誰かが言って知れ渡れば、別の言葉に変更され、それはさらには大きく未来を変えてしまうかも知れない。

「そう、分かったわ。じゃせめて内外の大きな事件も書いておいて」

「分かりました」

「じゃ私は今抱えている仕事を終わらせてしまうので」

そう言い、佐知子は呆気なく部屋を出て行ってしまった。

まあ立て続けに三度目の射精は無理だろう。

純二も気を取り直してメモを続け、やがて昼になると食堂で昼食を済ませ、午後も社長室で書き続けた。

退社時にオフィスに戻ると、佐知子から今日はこれで帰って良いと言われた。

「なあ、一杯やらないか」

「いえ、急ぎますので」

根津に言われたが振り切り、純二は社屋を出て帰途についた。

そして純喫茶『蘭』に寄ると閉まっていた。

(そうか、定休日か)

純二も、週一回の休みを思い出し、諦めてアパートへ帰ろうとすると、

「清田さん」

そのとき女性に声をかけられた。

振り向くと、裏口から蘭子が出てきた。彼女は香苗の母親で、このとき三十九歳。

(うわ、懐かしい。そして若くて綺麗だ……)

純二は、四十年ぶりに会う蘭子に見惚れた。

未来では、七十代後半になり、たまにスナック『蘭子』でも香苗と一緒に働いているのである。

彼は急激に股間を熱くさせてしまった。

10

「今お帰り？　お休みだけど、どうぞ入って」

蘭子が言ってくれ、純二は裏口から純喫茶『蘭』に入った。

「香苗ちゃんは？」

「女子高時代の仲間と映画に行って、そのあとは食事してくると言うので遅くなるわ」

「へえ、何の映画だろう」

「ジュリーの、何か原爆を作る話だとか」

「ああ、『太陽を盗んだ男』だね、きっと」

彼も思い出して答え、椅子に座ると蘭子がコーヒーを淹れてくれた。

そして彼女も向かいに座ると、純二はあらためて美貌に見惚れた。

アップにした髪で、色白豊満。和服も似合うが、今日はブラウス姿だ。

胸も尻もボリュームがあり、数年前に夫が病死し、今は彼氏もいそうにない後家だ。

そう、当時は香苗ばかりでなく、この四十歳を目前にした美熟女にも妄想オナニーでお世話になっていたのだ。

こんな大人の女性に初体験の手ほどきをされ、覚えたことを無垢な香苗にぶつけたい、というような妄想で若いザーメンを毎晩のように絞っていたのである。

「香苗は、ずいぶん清田さんのことが好きみたいだわ」

蘭子は、コーヒーでなくお茶を飲みながら言った。何ら含みのない日常会話なので、まだ彼女は、純二と香苗が懇ろになってしまったことには気づいていないようだ。

「そう、それは嬉しい」

「本当に、清田さんも香苗が好き?」

純二が言うと、蘭子も正面からじっと彼を見つめた。

「うん、でも僕は何も知らないから、初めて同士は上手くいかないかも」

純二は、無垢を装って言った。

「本当にまだ女を知らないの？　確かに、清田純二さんの名を略せば清純だけど」

蘭子が、急に好奇心を覚えたように身を乗り出して言った。

「ええ、だから本当は、蘭子さんに手ほどきを受けたいと、ずっと思っていたんです」

純二は大胆に言った。

一度目の人生では、そう思っても口には出せず悶々とオナニーするしか能がなかったのだが、今回は何でも言えるようになっていた。

「本当に私みたいに年上でもいいの？　実は私も清田さんに教えてあげたいと思っていたのよ」

蘭子が、何とも嬉しいことを言ってくれた。

今日は午前中に、佐知子を相手に二回射精していたが、もう時間も経っているし、相手さえ変われば何回でも出来るだろう。早くも彼の股間は、痛いほど突っ張りはじめていた。

「お、お願いします！」

純二は答え、深々と頭を下げた。

「じゃ、二階へ行きましょう」

蘭子も目を輝かせ、気が急くように立ち上がって言い、戸締まりをして灯りを消した。

そして一緒に二階に上がり、香苗の処女を奪った部屋に、純二は再び入ったのだった。

「じゃ脱ぎましょうね」

蘭子が言ってブラウスのボタンを外し、純二も脱ぎはじめていった。

第三章　擦れ合う内腿

1

「ああ、すごくドキドキするわ。香苗の留守に、純二さんとこうなるなんて……」

蘭子が手早く自分の布団を敷き延べ、脱ぎながら言った。

純二もたちまち全裸になり、緊張と興奮に胸を高鳴らせ、先に布団に横たわった。

やはり枕には、蘭子の匂いが悩ましく沁み付いていた。

彼女もためらいなく最後の一枚を脱ぎ去り、恥じらうように素早く添い寝してきた。

「嬉しい……」

純二は甘えるように腕枕してもらい、四十年ぶりに願いの叶った思いで肌を密着させていった。

腋の下に鼻を埋め込むと、やはり色っぽい腋毛が煙り、甘ったるいミルクのような汗の匂いが籠もっていた。

(昭和だなあ……)

純二は匂いに酔いしれて思い、四十年前の美女の巨乳に手を這わせた。

「アア、汗臭いでしょう、恥ずかしい……」

蘭子も、相当に緊張しているように声を震わせ、クネクネと熟れ肌を悶えさせた。

やはり、十五歳も年下の、しかも娘が好いている男に手ほどきしようというのだから禁断の興奮が絶大なようだ。

純二は充分に美熟女の体臭で胸を満たしてから、顔を移動させてチュッと乳首に吸い付き、舌で転がしながら、もう片方の膨らみにも手を這わせた。

「い、いい気持ち……」

蘭子は、手ほどきしたいと思いながら、いざ肌が密着すると舞い上がりすっかり喘いで受け身になるばかりだった。

純二も積極的に欲望をぶつけてのしかかり、左右の乳首を交互に含んで舐め回し、顔中を押し付けて柔らかな巨乳の弾力を味わった。

そして白い熟れ肌を舐め降り、形良い臍を探り、張り詰めた下腹から豊満な腰、ムッチリした太腿をたどっていった。

脛にもまばらな体毛があり、これも実に昭和らしくて艶めかしかった。

足首まで行くと足裏に回り込み、踵から土踏まずを舐め、縮こまった指の間に鼻を押し付けて嗅いだ。

やはりそこは汗と脂に生ぬるく湿り、蒸れた匂いが悩ましく籠もっていた。充分に嗅いでから爪先にしゃぶり付き、全ての指の股に舌を割り込ませると、

「あう、ダメ、汚いから」

蘭子が、幼児の悪戯でも叱るように言ったが、激しく拒むことはしなかった。

純二は両足とも存分にしゃぶり、味と匂いが薄れるまで貪った。

そして蘭子の股を開かせ、脚の内側を舐め上げて量感ある内腿をたどり、熱気と湿り気の籠もる股間に迫っていった。

近々と顔を寄せて見ると、ふっくらした丘には黒々と艶のある恥毛が情熱的に濃く茂り、割れ目からはみ出した陰唇もヌメヌメと大量の愛液に潤っていた。

指を当てて左右に広げると、かつて香苗が産まれ出てきた膣口が、濡れた襞を入り組ませて妖しく息づいていた。

包皮の下からも、光沢あるクリトリスがツンと突き立っていた。

2

「ああ、そんなに見ないで……」

純二の熱い視線と息を股間に感じ、蘭子が白い下腹をヒクヒク波打たせて喘いだ。

もう堪らずに彼は、ギュッと彼女の中心部に顔を埋め込んでいった。

柔らかな茂みに鼻を擦りつけて嗅ぐと、隅々には腋に似た甘ったるい汗の匂いが生ぬるく蒸れて籠もり、それにほのかな残尿臭も混じって鼻腔を刺激してきた。

やはりシャワートイレも普及していない四十年前は、どんな美女でも抜き打ちに嗅げばナマの匂いを沁み付かせているのである。

鼻腔を満たしながら舌を這わせると、

「あう！」

蘭子が呻き、ビクッと内腿できつく彼の両頬を挟み付けてきた。

「すごくいい匂い」

「い、言わないで……」

舐めながら言うと、蘭子が激しい羞恥に嫌々をしながら声を震わせた。

昭和五十四年とはいえ現代っ子の香苗よりも、母親の世代の方が羞恥心が激しいかも知れない。

それに蘭子は純二を童貞だと思っていたから、すぐにも挿入してくると思ったのかも知れない。

それが、シャワーも浴びてない部分を舐められるとは思っていなかったのだろう。

純二は割れ目内部をクチュクチュと舌で探り、淡い酸味のヌメリを掻き回しながら、膣口からクリトリスまでゆっくり舐め上げていった。

「アアッ……！」

やはり、この部分が最も感じるのだろう。蘭子はビクッと顔を仰け反らせ、身を弓なりにさせながら硬直した。

純二も上の歯で包皮を剝き、完全に露出した突起に吸い付き、チロチロと舌先で弾くように舐め回した。

もう彼女も羞恥と快感で朦朧としているので、少々彼のテクニックが無垢らしくなく巧みでも気づかないだろう。

純二は執拗にクリトリスを愛撫しては、溢れる蜜をすすった。

どうやら香苗が濡れやすいのも、母親譲りだったようだ。

さらに彼は蘭子の両脚を浮かせ、見事な逆ハート型をした、白く豊満な尻に迫った。

谷間に閉じられたピンクの蕾は、僅かにレモンの先のように突き出た色っぽい形をしていた。

鼻を埋め込むと、ボリューム満点の双丘が顔中に密着し、蒸れた微香が胸に沁み込んできた。

舌を這わせて濡らし、ヌルッと潜り込ませて滑らかな粘膜を探ると、

「く……、ダメ……！」

蘭子が呻き、キュッと肛門で舌先をきつく締め付けてきた。

純二は中で充分に舌を蠢かせてから、脚を下ろして再び割れ目に戻り、大洪水になった愛液をすすり、真珠色のクリトリスにチュッと吸い付いていった。

「も、もう堪忍……、今度は私が……」

すると蘭子が息も絶えだえになって言い、懸命に身を起こして彼の顔を股間から追い出した。

純二も移動して素直に仰向けになると、すぐにも蘭子が勃起したペニスに屈み込み、熱い息を吐きかけてきた。

3

「すごく大きいわ、何て綺麗な色……」

蘭子がペニスに顔を寄せて言い、完全に包皮を剝いて、露出して光沢を放つ亀頭に舌を伸ばしてきた。

粘液の滲む尿道口をチロチロと舐め回し、張り詰めた亀頭をくわえ、モグモグとたぐるように根元まで深々と呑み込まれると、

「ああ、気持ちいい……」

純二は快感に喘ぎ、美熟女の口の中で唾液にまみれた肉棒をヒクヒク震わせた。

「ンン……」

蘭子は先端が喉の奥にヌルッと触れるほど呑み込んで呻き、熱い鼻息で恥毛をくすぐった。

幹を締め付けて吸い、指先は陰嚢をくすぐるように愛撫しながら、口の中ではクチュクチュと貪欲に舌がからみついた。

思わずズンズンと股間を突き上げると、蘭子も顔を小刻みに上下させ、濡れた口でスポスポと強烈な摩擦を繰り返してくれた。

「い、いきそう……」

高まって言うと、すぐに蘭子もスポンと口を引き離してくれた。

「い、入れたい。跨いで上から入れて下さい」

純二が仰向けのまま言うと、蘭子も少しためらいながらも身を起こし、彼の上を前進して股間に跨がってきた。

どうやら亡夫とは正常位一辺倒だったのかも知れない。

幹に指を添え、唾液に濡れた先端に割れ目を押し付け、ぎこちなく位置を定めた。

「いい？」

蘭子は言い、息を詰めてゆっくり腰を沈み込ませていった。

張り詰めた亀頭が潜り込むと、あとは重みと潤いで、ヌルヌルッと滑らかに根元まで吸い込まれていった。

「アアッ……！」

蘭子が顔を仰け反らせて喘ぎ、完全に座り込んで股間を密着させた。

純二も股間に温もりと重みを感じながら、肉襞の摩擦と締め付けを噛み締めた。

「すごいわ、奥まで届いている……」

蘭子はうっとりと目を閉じて言い、久々であろう男を締め付けながら、密着した股間をグリグリと擦り付けた。

そして上体を起こしていられなくなったようにゆっくりと身を重ねてくると、純二も下から両手を回してしがみつき、僅かに両膝を立てて豊満な尻を支えた。

まだ互いに動かず、温もりと感触を味わっていると、蘭子が上からピッタリと唇を重ねてきた。

彼は密着する感触と唾液の湿り気を堪能し、舌を挿し入れていった。

蘭子もすぐにネットリと舌をからめ、彼は生温かな唾液に濡れて滑らかに蠢く美女の舌を舐め回した。

彼女が下向きだから、たまにトロリと唾液が注がれ、純二はうっとりと味わいながら喉を潤して酔いしれた。

すると蘭子が、小刻みに腰を動かしはじめたので、彼も合わせてズンズンと股間を突き上げた。

たちまち二人の動きがリズミカルに一致し、溢れた愛液が互いの股間をビショビショにさせ、クチュクチュと淫らに湿った摩擦音が響いてきた。

4

「アアッ、いいわ……」

あまりの快感に互いの腰が止まらなくなると、蘭子が堪えきれずに口を離し、淫らに唾液の糸を引きながら喘いだ。

純二も高まりながら、懸命に暴発を堪えて肛門を引き締めた。

彼女が純二をはじめてと思っているから、少々早くても文句は言わないだろうが、やはり少しでも長く堪能したいのだ。

それに蘭子も、ここまで感じてくれるなら、せめてオルガスムスまで味わってもらいたかった。

蘭子の吐き出す息は熱く湿り気を含み、白粉のような甘い刺激が感じられた。美熟女のかぐわしい吐息を嗅いでいるだけで、今にも漏らしそうになってしまうが、純二は懸命に堪えながら股間を突き上げ続けた。

そして、いよいよ彼が限界だと思う寸前に、蘭子が膣内の収縮を活発にさせ、ガクガクと狂おしいオルガスムスの痙攣を開始したのだった。

「い、いく、アアーッ」

声を上ずらせて喘ぐと同時に、続いて純二も収縮に巻き込まれるように昇り詰めてしまった。

「く……！」

絶頂の快感に呻き、熱い大量のザーメンをドクンドクンと勢いよく中にほとばしらせると、

「あう、感じる……！」

噴出を受け止めた途端に蘭子は、駄目押しの快感を得たように呻いた。

そして、内部のザーメンを飲み込むように、キュッキュッときつく締め付けて

きた。

純二も心ゆくまで快感を味わい、最後の一滴まで出し尽くしていった。

満足しながら力を抜き、徐々に突き上げを弱めていくと、

「アア……」

蘭子も声を洩らして熟れ肌の硬直を解き、グッタリと彼にもたれかかってきた。

彼は重みと温もりを受け止めながら、名残惜しげな収縮を繰り返す膣内で、ヒクヒクと幹を過敏に跳ね上げた。

そして白粉臭の悩ましい吐息を間近に嗅ぎながら、うっとりと快感の余韻に浸り込んでいったのだった。

(とうとう、母娘の両方としてしまった……)

純二は荒い呼吸を整えながら思ったが、香苗に済まないという気持ちはそれほど湧かなかったのだった。

やはり四十年前にタイムスリップしたという、二度目の人生は夢の世界のようなもので、むしろ一度目では出来なかったことを、どんどんしてみたいという気持ちの方が大きかったのである。

「こんなに、すごかったの初めてよ……」

蘭子が、息を弾ませて熱く囁いた。

そして枕元のティッシュを手にすると、そろそろと股間を引き離しながら割れ目に当てて拭き、顔を移動させてペニスに迫ったのだ。

まだ愛液とザーメンに濡れて湯気さえ立てている亀頭にしゃぶり付き、ヌメリを舐め取りながら吸ってくれた。

「あう……」

純二は腰をくねらせ、過敏に幹を震わせて降参するように呻いた。

そして美熟女の貪るような吸引と舌で、綺麗にしてもらったのだった。

5

「も、もういいです、ありがとうございました……」

純二が悶え、身をよじらせて言ったが、まだまだ蘭子は淫気がくすぶっているように亀頭から口を離さなかった。

すると、またすぐにも彼自身はムクムクと回復していったのである。

何とも強制的に勃起させられたようなものだ。

「もう大きくなったわ。さすがに若いのね」

三十九歳の蘭子は、ようやくチュパッと口を離して頼もしげに言った。

純二の方は、肉体は二十四歳だが、頭の中は六十四歳である。

やはり大人の嫌らしさがあれば、若い肉体はすぐにも反応してしまうようだ。

「お願い、今度は後ろからしてみて」

蘭子が言って布団に身を伏せ、白く豊満な尻を突き出してきた。

まだ香苗も帰ってこないだろうから、この際とことん体験していない体位を味わってみたいのだろう。

純二も、回復した以上もう一回射精する気になって、身を起こした。

膝を突いて股間を進めると、完全に元の硬さと大きさを取り戻している幹に指を添え、先端を彼女のバックから膣口に押し当てた。

そしてゆっくり挿入していくと、

「アアッ……!」

尻を持ち上げている蘭子が顔を伏せて喘ぎ、白い背中を反らせてキュッと締め付けてきた。

根元まで押し込むと、尻の丸みが彼の下腹部に当たって弾み、何とも心地よかった。

純二が彼女の腰を抱えてズンズンと腰を前後させはじめると、内部に残るザーメンで、すぐにも動きがヌラヌラと滑らかになった。

いったん動くと快感で腰が止まらなくなり、彼は蘭子の背に覆いかぶさり、両脇から回した手で、たわわに実って揺れる巨乳を鷲摑みにした。

「あう、いいわ、もっと乱暴にして……！」

蘭子も尻を振りながらせがみ、新たな愛液をトロトロと漏らして内腿まで濡らした。

しかし純二もたった今射精したばかりだし、バックも心地よいが、美女の喘ぐ顔が見られないので物足りなかった。

やがて動きを止めて身を起こし、いったん引き抜くと蘭子を横向きにさせた。

「ああ、どうするの」

彼女が快楽を中断され不満げに言いながらも、素直に横向きになってくれた。

純二は彼女の上の脚を真上に持ち上げ、下の内腿に跨がって、再び挿入し、上の脚に両手でしがみついた。

「ああッ……、いい……」

蘭子も、松葉くずしの体位に熱く喘ぎ、根元まで彼を受け入れて腰をくねらせた。

これも変わった感触で良かった。互いの股間が交差しているので密着感が強まり、局部のみならず擦れ合う内腿の感触も心地よいものだ。

しかし、これも試しただけにし、やはり彼は美女の唾液や吐息が欲しいので、また引き抜くと、蘭子を仰向けにさせた。

そして最後は、正常位で深々と交わっていったのだった。

6

「アアッ……、お願いよ、もう抜かないで……！」

ヌルヌルッと挿入して股間を密着させると、蘭子が熱っぽく純二を見上げて言った。

そして両手を伸ばし、彼を抱き寄せると激しく下からしがみついた。

純二も身を重ね、遠慮なく体重を預けると、胸の下で巨乳が押し潰れて心地よく弾んだ。

彼女が待ちきれないようにズンズンと股間を突き上げるので、合わせて腰を遣うとすぐにも動きが滑らかになった。

互いに股間をぶつけ合うように動くと、恥毛が擦れ合い、コリコリする恥骨の膨らみも伝わってきた。

純二が動きながら唇を重ねて舌を挿し入れていくと、

「ンンッ……！」

蘭子も熱く鼻を鳴らして、チュッと強く吸い付いてきた。

「アア……、またいきそうよ。もっと強く奥まで、何度も突いて……」

蘭子が口を離して腰を突き上げながら、貪欲に求めてきた。

膣内もキュッキュッと若い男を味わうようにきつく締まり、いよいよ純二も高まってきた。

彼女も収縮を活発にさせ、今にも果てそうになっている。

もう我慢せず、このまま昇り詰めても良いだろうと純二は思い、彼女の喘ぐ口に鼻を押し当て、濃厚な吐息で鼻腔を刺激されながら動いた。

「い、いってもいい？」

純二が囁くと、

「ダメよ、もう少し……」

意外にも蘭子が嫌々をし、自身の大波を待つように息を詰めた。

その間も腰を動かしているので、あまりに心地よい肉襞の摩擦で純二も限界に達してしまった。

懸命に堪えていたのだがもう無理で、たちまち絶頂の快感に全身を貫かれた。

「く……！」

呻きながら熱いザーメンをドクドクと勢いよく注入すると、

「あ、熱いわ、いく、アアーッ……！」

噴出を受けた途端、辛うじて蘭子もオルガスムスに達したようだった。

膣内の収縮で揉みくちゃにされながら快感を嚙み締め、純二は心置きなく最後の一滴まで出し尽くしていった。

「アア、いい……！」

蘭子もさっき以上の快楽の渦に巻き込まれて喘ぎ、やがて純二が満足して徐々に動きを弱めていくと、彼女もいつしかグッタリと身を投げ出していった。

彼はもたれかかりながら、まだ息づく膣内で幹を震わせ、熱く甘い吐息を嗅ぎながら余韻を味わった。

これ以上長引いたら、明日の仕事に差し障りそうである。それでも憧れの蘭子と交わったことは、彼にとって大きな悦びであった。

「ああ、気持ち良かったわ……。このまま眠りたいけど、香苗も帰ってくるから……」

蘭子が呼吸を整えながら言い、純二も股間を引き離し、ティッシュでペニスを拭った。

「お風呂使う？」

「いえ、彼女とカチ合うといけないのでこのまま行きますね」

彼は言い、手早く身繕いしたのだった。

7

「純二さん、遊びに来ちゃったわ」

休日、純二がアパートでノンビリしていると、いきなり香苗が訪ねて来たのだ。

「あれ？　お店は？」

「今日は電気工事が入ってるので臨時休業なの」

香苗が愛くるしい笑顔で言い、純二も妖しい期待に胸と股間を脹らませながら、彼女を部屋に招き入れた。

蘭子も、買い物にでも出ているのだろう。

「綺麗にしているわ」

香苗が、物珍しげに独身男の室内を見回した。

男の体臭とザーメンの匂いの籠もる部屋に、若い女の甘い匂いが混じりはじめた。

「そんなことないよ。整頓はするけど清掃は滅多にしないんだ」

純二は答えながら、エロ本などはなくて良かったと思ったが、敷きっぱなしの布団は隠しようもないので、座布団代わりにそこへ座らせた。

早くも純二は、痛いほど股間が突っ張ってきてしまった。

香苗は、まさかつい先日に彼が、母親の蘭子と関係を持ってしまったことなど夢にも思っていないだろう。

それを思うと禁断の興奮が、さらに彼の胸を高鳴らせた。

純二は椅子に座りながら香苗と、彼女が先日観た映画の話などしながら切っ掛けを探っていたがもう我慢できず、隣に座ってしまった。

彼女も、日常会話が終わり空気が変わったことを察したように口を閉ざして俯いた。

「ね、脱いじゃおう」

純二は囁き、彼女のブラウスのボタンに手をかけた。

すると香苗も、男の部屋に来たのだから最初から覚悟と期待をしていたように、すぐ自分から脱ぎはじめてくれた。

純二は手早く全裸になり、先に横になった。

香苗が立ち上がって最後の一枚を脱ぎ去ると、彼女はモジモジと向き直った。

「ね、ここに座って」

彼は仰向けのまま自分の下腹を指して言った。

「え……？」

戸惑う彼女の手を引くと、香苗も恐る恐る言われるまま純二の腹を跨ぎ、そっと腰を下ろしてきた。

生温かく湿った割れ目が、直に下腹に密着し、急角度に勃起したペニスがトントンと彼女の腰をノックした。

「あん、変な感じ……」

香苗が息を震わせ、座りにくそうに腰をよじらせるたび、割れ目が肌に擦り付けられた。

「じゃ、足を伸ばして僕の顔に乗せてね」

彼は立てた両膝に彼女を寄りかからせて言い、両足首を摑んで顔に引き寄せた。

「い、いいの？　重いでしょう……」

香苗は早くも息を弾ませ、朦朧としながら彼の戯れに付き合ってくれ、とうとう両足の裏を彼の顔に乗せてくれた。

「ああ、気持ちいい……」

純二は、彼女の全体重を受け止め、人間椅子にでもなった心地でうっとりと喘いだ。

純二は重みと温もりを感じながら、香苗の両足の裏に舌を這わせ、指の股に鼻を割り込ませて蒸れた匂いを貪った。

8

「ああッ……！」

香苗がくすぐったそうに身悶えて喘ぎ、純二は爪先にしゃぶり付いて順々に汗と脂に湿った指の間を舐め回した。

彼女が腰をくねらせるたび、密着した割れ目の潤いが増してくるのが分かった。

どうやら濡れやすいのは、母親の蘭子譲りだったようだ。

純二は両足とも、味と匂いが薄れるほどしゃぶり尽くした。

そして足首を持って顔の左右に置き、彼女の手を引っ張った。

「じゃ顔に跨がってしゃがんでね」

「そ、そんなこと、恥ずかしいわ……」

言うと香苗が羞恥に尻込みしたが、すでに興奮で朦朧となったかのように、引っ張られるまま前進してきた。

そして和式トイレにしゃがむように、彼の顔に股間を迫らせてくれたのだ。M字になった脚がムッチリと張り詰め、ぷっくりした割れ目が鼻先に近づいた。

「アア、恥ずかしい……」

香苗が、真下からの彼の熱い視線と息を感じ、ヒクヒクと内腿を震わせて喘いだ。

見上げると、割れ目からはみ出した花びらが僅かに開き、ヌメヌメと蜜に潤うピンクの柔肉と、光沢ある小粒のクリトリスが覗いていた。

腰を抱き寄せ、若草に鼻を埋め込んで柔らかな感触を味わいながら嗅ぐと、生ぬるい汗とオシッコの匂いに、ほのかなチーズ臭も混じって悩ましく鼻腔を刺激してきた。

胸を満たして酔いしれながら、舌を挿し入れていくと、淡い酸味のヌメリが迎えてくれた。

処女を失ったばかりの、花弁状に襞の入り組む膣口をクチュクチュ掻き回し、味わいながらゆっくりクリトリスまで舐め上げていくと、

「アアッ……！」

香苗が熱く喘ぎ、思わず力が抜けてギュッと座り込みそうになるのを、懸命に彼の顔の左右で両足を踏ん張った。

チロチロと舌を這わせると、小粒ながらクリトリスは包皮を押し上げるように

ツンと突き立ち、蜜の量が格段に増してきた。それをすすり、さらに彼は香苗の可愛らしい尻の真下に潜り込んでいった。

顔中にひんやりした双丘が密着し、谷間の蕾に鼻を埋めると悩ましく蒸れた微香が胸に沁み込んできた。

舌を這わせて収縮する襞を濡らし、ヌルッと潜り込ませて滑らかな粘膜を探ると、

「あう、ダメ……」

香苗が息を詰めて呻くと、キュッと肛門できつく彼の舌先を締め付けてきた。

内部で舌を蠢かせると、鼻先の割れ目からは新たな蜜がトロトロと滴ってきた。

彼が再び割れ目に舌を戻し、大量の愛液をすすってクリトリスに吸い付くと、

「アアッ……！」

香苗は激しく喘ぎ、しゃがみ込んでいられずに両膝を突いた。

「も、もうダメ……」

香苗が言ってビクッと股間を引き離すと、今度は自分から勃起したペニスに顔を移動させてきたのだった。

9

「ああ、気持ちいい……」

香苗が舌を這わせはじめると、今度は純二が喘ぐ番だった。

彼女は粘液の滲む尿道口をチロチロと無邪気に舐め回し、張り詰めた亀頭にしゃぶり付いた。

そのまま丸く開いた口にスッポリと根元近くまで呑み込み、幹を締め付けて吸い、口の中ではクチュクチュと舌をからませてくれた。

熱い鼻息が恥毛をくすぐり、たちまち彼自身は生温かく清らかな唾液にどっぷりと浸って快感に震えた。

純二が快感に任せ、小刻みにズンズンと股間を突き上げると、

「ンン……」

喉の奥を突かれた香苗が小さく呻き、さらにたっぷりと唾液を溢れさせ、顔を小刻みに上下させてくれた。

濡れた唇がスポスポと心地よく強烈な摩擦を繰り返し、純二はジワジワと絶頂

を迫らせた。

「も、もういい……、いきそう……」

暴発してしまう前に彼は言い、香苗の口を引き離させた。

「じゃ跨いで、上から入れてみて」

言うと香苗も、ぼうっと上気した顔を上げて前進し、恐る恐るペニスに跨がってきた。

そして自らの唾液に濡れた先端に、ぎこちなく割れ目を押し当て、位置を定めた。息を詰めてゆっくり腰を沈めると、張り詰めた亀頭がズブリと潜り込んだ。

「アア……！」

香苗が顔を仰け反らせて喘ぎ、あとは重みと潤いに助けられ、ヌルヌルッと滑らかに根元まで嵌まり込んでいった。

純二も熱いほどの温もりと肉襞の摩擦、大量の潤いときつい締め付けに包まれながら快感を嚙み締めた。

香苗はぺたりと座り込み、杭に貫かれたように肌を硬直させていたが、純二が両手で抱き寄せると、ゆっくり身を重ねてきた。

「大丈夫？」

「ええ、最初の時みたいに痛くないわ……」

囁くと、香苗が健気に答え、甘酸っぱくかぐわしい息を弾ませた。

実際、もう痛みよりは好いている男と一つになった充足感の方が強いのか、膣内はキュッキュッと味わうような収縮を繰り返していた。

純二も両手を回してしがみつき、両膝を立てて尻を支えた。

動くとすぐ果てそうなので、勿体ないから温もりと感触を味わい、彼は潜り込むようにしてピンクの乳首にチュッと吸い付いた。

舌で転がし、顔中で柔らかな膨らみを味わい、もう片方も含んで舐め回した。

しかし香苗の全神経は股間に集中しているように、乳首への反応はなかった。

彼は左右の乳首を味わい、さらに腋の下にも鼻を埋め込んでいった。

ジットリと生ぬるく湿った腋を嗅ぐと、甘ったるい汗の匂いが悩ましく鼻腔を満たしてきた。

動かなくても、息づくような収縮に彼は高まってきた。

そして純二は下から唇を重ねて舌を挿し入れ、滑らかな歯並びを舐め回していった。

10

「ク……、ンン……」

香苗が熱く鼻を鳴らし、ネットリと舌をからませてくれた。

純二も生温かな唾液に濡れ、滑らかに蠢く舌を舐め回し、もう我慢できずズンズンと小刻みに股間を突き動かしはじめてしまった。

溢れる愛液で、すぐにも動きがヌラヌラと滑らかになり、微かにピチャクチャと淫らに湿った摩擦音も聞こえてきた。

「アア……!」

息苦しくなったように香苗が口を離して熱く喘いだ。

湿り気ある吐息は、まるでリンゴかイチゴでも食べた直後のように、甘酸っぱい芳香が含まれ、彼の鼻腔を悩ましく刺激してきた。

「強く動いても大丈夫?」

「ええ……」

訊くと香苗が答え、純二も股間をぶつけるように激しく突き上げてしまった。

「アア……」

彼女も声を洩らし、合わせるように腰を上下させてくれた。

いよいよフィニッシュを目指そうと、純二は動きながら、香苗のかぐわしい口に鼻を擦りつけ、唾液と吐息の混じった匂いに酔いしれながら高まった。

「しゃぶって……」

言うと彼女も、厭わず鼻の穴を舐め回し、鼻の頭に吸い付いてくれた。

「顔中もヌルヌルにして」

さらにせがむと、香苗も興奮に乗じ、彼の鼻筋や頬から瞼まで舌を這わせてくれた。

それは舐めると言うより、垂らした唾液を塗り付けるようで、たちまち純二の顔中は香苗の清らかな唾液にヌラヌラとまみれた。

「あう、いく……！」

もう堪らず、純二は悩ましい匂いの渦と、肉襞の摩擦の中で昇り詰めてしまった。

同時に、熱い大量のザーメンがドクンドクンと勢いよくほとばしり、柔肉の奥を直撃した。

「あう、熱いわ……」

噴出を感じた香苗が声を洩らし、ヒクヒクと全身を痙攣させた。

まだ、完全なオルガスムスというほどではないが、それなりに絶頂の兆しのようなものを感じたのかも知れない。

二回目で感じるなら、実に早い成長である。

この分なら、間もなく本格的な膣感覚でのオルガスムスが得られることだろう。

純二は心ゆくまで快感を嚙み締め、締め付けの中で最後の一滴まで出し尽くしていった。

すっかり満足しながら徐々に突き上げを弱めていくと、

「ああ……」

香苗も小さく声を洩らし、肌の強ばりを解いてグッタリともたれかかってきた。

まだ膣内は息づくような収縮が繰り返され、射精直後のペニスが刺激され内部でヒクヒクと過敏に跳ね上がった。

そして純二は香苗の重みと温もりを受け止め、熱く甘酸っぱい果実臭の吐息を間近に嗅ぎながら、うっとりと快感の余韻に浸り込んでいったのだった。

しばし重なったまま荒い呼吸を混じらせていたが、あまり乗っていると悪いと思ったのか、ノロノロと香苗が股間を引き離してきたのだった。

11

「何だか、違う世界に行きそうな感じがしたわ」

香苗が、自身に芽生えた感覚をそのように言って、ティッシュで割れ目を拭った。

そして純二の股間に屈み込み、愛液とザーメンに濡れた亀頭にしゃぶり付いてくれたのだった。

「あう……」

彼は刺激に呻き、香苗は念入りに舌を這わせて吸い、綺麗にしてくれたのだった。

「も、もういいよ、ありがとう……」

純二が腰をくねらせて言うと、ようやく香苗も口を離し、再び添い寝して甘えるように肌をくっつけてきた。

純二は、香苗の温もりに包まれながら呼吸を整えた。

「最近、蘭が暇なので、ママが純喫茶を止めてスナックにしようかって言いだしたの」

香苗が言う。

「そう……」

彼は答えた。

確かに、未来を知っている純二にしてみれば、喫茶店の『蘭』がスナック『蘭子』になるのも時間の問題だということが分かっていた。

「純二さんはどう思う？」

「うん、綺麗な母娘がやればスナックも流行ると思うし、どちらにしろ僕は通うよ」

「そう、ママにもそう言っておくわ。すぐというわけじゃないだろうけど、先のことをいろいろ考えているみたい」

彼女が言い、純二も、スナック『蘭子』が四十年先まで営業していることを知っているので心配はしなかった。

それより、肌をくっつけて話しているうち、すぐにも彼自身がムクムクと回復してしまったのである。

純二は彼女の手を握り、ペニスに導いた。

「まあ、もうこんなに硬く……」

香苗は驚いたように言いながらも、汗ばんだ柔らかな手のひらに包み込んで、ニギニギと揉んでくれた。

「ああ、いい気持ち……」

純二はうっとりと喘いで、香苗の愛撫に身を委ねた。

「お口でしてくれる?」

「ええ、でも最後は、また中に入れて。さっきの気持ちよさ、もう一度確かめてみたいから」

言うと彼女が答えた。

初回は二度の挿入は控えたが、僅かの間に香苗もすっかり自身に芽生えた感覚を追究したくなってきたようだ。

やがて彼女が身を起こし、大股開きになった純二の股間に腹這い、顔を寄せてきた。

そして陰嚢に舌を這わせ、二つの睾丸を転がして袋を唾液にまみれさせると、肉棒の裏側をゆっくり舐め上げてきた。

純二も過敏な状態を抜け、素直に快感を受け止めた。

彼女は、すっかり元の硬さと大きさを取り戻した亀頭にしゃぶり付き、念入りに舌を這わせて唾液にぬめらせた。

「す、すぐいきそう……」

彼が言うと、香苗はチュパッと口を離して仰向けになってきた。

今度は正常位が良いらしく、純二も身を起こして股間を進め、先端を押し当てていった。

そして感触を味わいながら、ゆっくり挿入していったのだった……。

第四章　昭和の手ほどき

1

「清田君、お久しぶり」

純二が出勤すると、いきなり明るい声をかけ、彼の肩をパーンと叩いた女性がいた。

「あ、ええと……」

「まあ、私を忘れたの？　たった半年ぶりよ」

言われて、ようやく彼も思い出した。

もっとも彼女からすれば半年ぶりだが、純二の記憶では四十年前なのである。

「大川さんですね、お元気そうで」

純二は、思い出したことにほっとしながら笑顔で言った。

彼女、大川貴美江は二十八歳の人妻ＯＬ。半年前は臨月で出産休暇を取り、無事に出産してオフィスに復帰したようだ。

貴美江は胸も尻もボリューム満点で、当時の純二は当然ながら貴美江でも妄想オナニーのお世話になっていた。

しかし性格は気さくでざっくばらんだから、思い切って童貞喪失の手ほどきをお願いすれば、簡単にしてくれそうな気がしていたものだった。

「仕事は慣れた？　半年前は新人だったものね」

「ええ、何とか」

純二は、貴美江から漂う生ぬるく甘ったるい匂いを感じながら答えた。

「そこ、お喋りしてないで仕事しろ」

すると根津課長が彼に怒鳴ったが、すぐに部長の佐知子が入ってきた。

「なに威張ってるの。清田さんは社長直属なのだから、もうあなたの部下じゃないわ」

「は……」

颯爽たる佐知子に言われて、たちまち根津は小さくなった。

「へえ、半年で出世してるのね」

そんな様子に貴美江は言い、見直したように純二を見た。

「じゃ清田さん、今日も社長室でお願い」

佐知子がメモを渡し、純二も受け取って企画部のオフィスを出た。

社長室に行ってデスクを借り、純二はメモと自分のノートを開いた。

唯一、純二が四十年後の未来から来たことを知っている佐知子は、今後起きることや流行ることのメモを取り、純二も思い出せる限り、社の未来のために情報を提供しているのである。

本当はまた佐知子と、この社長室の隣にあるベッドで快楽を分かち合いたいのだが、社長が出張中の今、彼女はかなり忙しいようだ。

だから一日中、純二は社長室で未来を思い出して、社のためになる記憶を書き綴った。

退社時間になると、企画部の一行は貴美江の復帰祝いで居酒屋へと繰り出した。

貴美江は柔軟な発想で企画部の功労賞を取っているし、社内結婚だった夫も、今は静岡の新工場の責任者だから、簡単に復帰できたのである。

やがて宴会が始まったが、純二の席は佐知子と貴美江に挟まれているため、遠くから何かと根津が妬ましげな眼差しを向けていた。

やがてお開きとなり、多くの祝い物をもらった貴美江の荷物を持ち、同じ方向の純二が送ることになった。

「少し寄っていって」

家に着くと貴美江が誘い、純二も荷物を持って上がり込んだ。

2

「今日は嬉しかったわ。やっぱり私は外で働くのが好き」

貴美江が言い、純二も彼女の復職のお祝い物を置いてソファに座った。

赤ん坊は裏の実家に預け、ここは庭に建てた新居のようだ。貴美江の夫は静岡に言っているから他には誰もいない。

「ずいぶん逞しくなったわ。でもまだ君は童貞ぽいわね」

貴美江が上着を脱ぎながら熱い眼差しで言い、純二はまた甘ったるい匂いを感じながら思わず股間を熱くさせた。

「え、ええ、手ほどきしてくれませんか」

純二は、かつて言えなかったことを口にしてしまった。

何しろ、貴美江から見れば彼は二十四歳の新入社員だが、実際の純二は六十四歳までの記憶を持って、この昭和五十四年に来ているのである。

「本当？　私が初めてでもいいの？」

すると貴美江はさらに目を輝かせて答えた。

「こっち来て」

いきなり貴美江は彼の手を握って言い、寝室へと引っ張っていった。

寝室にはダブルベッドと、傍らには空のベビーベッドも置かれていた。

夫は長く出張中なので、寝室に籠もっているのは貴美江だけの体臭である。

「ね、脱ぎましょう」

貴美江は淫らなスイッチが入ったように言い、気が急くように手早く脱ぎはじめていった。

やはり夫は出張が多いし、出産後はろくに夫婦の交わりもなく、相当に欲求が溜まっているようだった。

彼も期待と興奮に胸と股間を脹らませながら脱ぎ、たちまち全裸になるとベッドに横になった。

枕には、美人妻の匂いが悩ましく濃厚に沁み付き、その刺激が鼻腔から股間に伝わってきた。

貴美江も全裸になり、ブラを外す時だけ少し手間取ってから向き直り、すぐに添い寝してきた。

純二は甘えるように腕枕してもらい、生ぬるい匂いに包まれながら、目の前に息づく巨乳を見ると、何と濃く色づいた乳首には、ポツンと白濁の雫が浮かんでいるではないか。

(ぼ、ぼにゅーっ……)

純二は歓喜に目を見張った。

ブラを外すのに手間取ったのは、内側に授乳パッドが入っていたからで、彼女に会った時最初から感じた甘い匂いは、どうやら汗や体臭ではなく、母乳の匂いだったようだ。

しかも汗にジットリ湿った腋には、色っぽい腋毛も煙っていたのだ。

(昭和だなあ……)

彼は思いながら、柔らかな腋毛に鼻を埋めて、甘ったるく濃厚な汗の匂いを貪り、目の前の巨乳に手を這わせていった。

「アア、好きにして……」

すぐにも貴美江がクネクネと身悶え、熱く喘ぎながら言った。

純二も、グラマーな美人妻の匂いで胸を満たしてから、顔を移動させてチュッと乳首に吸い付いて舌で転がした。

雫を舐め取り、さらに吸い付いたがなかなか分泌されない。

あれこれ試し、乳首の芯を唇で強く締め付けて吸うと、やっと出てきた。

3

「アア、お乳を飲んでるの？　吐き出して構わないのに……」

純二が喉を鳴らして飲み込むと、貴美江が喘ぎながら言い、さらに分泌を促すように自ら巨乳を揉みしだいた。

たちまち生ぬるく薄甘い母乳が彼の舌を濡らし、飲み込むたび胸の中が甘ったるい匂いに満たされた。

うっとり喉を潤して酔いしれると、心なしか張りが和らいできたように感じられた。

純二は、もう片方の乳首も含み、すっかり要領を得て吸い出し、新鮮な母乳を飲み込み続けた。

その間も、貴美江は少しもじっとしていられないように身悶え、熱い息を弾ませながら彼の髪を撫で回していた。

純二は左右の乳首と母乳を味わい尽くすと、白く滑らかな熟れ肌を舐め降りていった。

肌は淡い汗の味がし、豊満な腰からムッチリした太腿をたどり、さらに脚を舐め降りた。

足首まで行って足裏に回り込み、踵から土踏まずを舐めて指の間に鼻を押し付けると、蒸れた匂いが濃厚に沁み付いて鼻腔を刺激してきた。

爪先にもしゃぶり付き、指の股に舌を割り込ませ、汗と脂の湿り気を味わうと、

「あう、そんなところ舐めるの……？」

貴美江は驚いたように言ったが、拒まず身を投げ出していてくれた。

純二は両足とも全ての指の間をしゃぶって味と匂いを貪り尽くすと、ようやく脚の内側を舐め上げていった。

腟にもまばらな体毛があり、これも昭和らしい魅力だった。

量感ある内腿をたどると、股間から発する熱気と湿り気が顔中を包み込んできた。

見ると、黒々と艶のある茂みが情熱的に濃く茂り、割れ目からはみ出した陰唇も興奮に色づいていた。

指で陰唇を広げると、息づく腟口には、母乳のような白っぽい粘液がまつわりつき、大きめのクリトリスが光沢を放ってツンと突き立っていた。

もう堪らず顔を埋め込み、柔らかな茂みに鼻を擦りつけて嗅ぐと、隅々に籠もった汗と残尿臭が悩ましく鼻腔を刺激してきた。

胸を満たしながら柔肉を舐め回すと、淡い酸味のヌメリが舌の動きを滑らかにさせた。

出産したばかりの腟口を掻き回し、クリトリスまで舐め上げていくと、

「アアッ……！」

貴美江がビクッと顔を仰け反らせて喘ぎ、内腿でキュッときつく彼の両頬を挟み付けてきた。

手ほどきすると言いながら、すっかり受け身になって彼のペースに巻き込まれ

ているようだ。

純二は美人妻の味と匂いを貪り、さらに両脚を浮かせ、白く豊満な尻に迫っていった。

ピンクの蕾は、出産で息んだ名残か、レモンの先のように僅かに突き出て何とも艶めかしい形状をしていた。

顔中を双丘に密着させ蕾に鼻を埋め込むと、秘めやかな匂いが蒸れて籠もり、悩ましく鼻腔を刺激してきた。

彼は舌を這わせヌルッと潜り込ませていった。

4

「あう、ダメ……」

貴美江は熱く呻き、肛門でキュッと純二の舌先を締め付けてきた。

彼は滑らかな粘膜を探り、充分に舌を蠢かせてからようやく脚を下ろして、再び割れ目に舌を戻した。

そして大洪水になっている愛液を舐め取り、クリトリスに吸い付くと、

「も、もうダメ、今度は私が……」

たちまち絶頂を迫らせた貴美江が言って身を起こし、彼の顔を股間から追い出しにかかった。

純二も這い出して添い寝し、仰向けになると、すぐにも貴美江が移動して屈み込み、彼の股間に熱い息を吐きかけてきた。

「嬉しいわ、こんなに勃って……」

幹を愛しげに撫でて言い、粘液の滲む尿道口に舌を這わせた。

チロチロと丁寧に舐め回し、張り詰めた亀頭をくわえると、スッポリと喉の奥まで呑み込んでいった。

「ああ、気持ちいい……」

純二は快感に喘ぎ、生温かく濡れた美人妻の口の中でヒクヒクと幹を震わせた。

「ンン……」

貴美江も先端を喉の奥に触れるほど深々と含んで熱く鼻を鳴らし、幹を締め付けて強く吸った。

熱い鼻息が恥毛をそよがせ、口の中ではネットリと執拗に舌がからみつき、たちまち彼自身は温かな唾液にどっぷりと浸り込んだ。

思わずズンズンと股間を突き上げると、貴美江も顔を上下させ、濡れた口でスポスポと強烈な摩擦を繰り返してくれた。

「い、いきそう……」

急激に絶頂を迫らせた純二が言うと、貴美江もすぐにスポンと口を引き離した。やはり口に射精されるよりも、一つになって快感を分かち合いたいのだろう。

「入れたいわ」

「跨いで、上から入れて下さい……」

仰向けのまま言うと、彼女もすぐに前進し、彼の股間に跨がってきた。そして幹に指を添え、自らの唾液にまみれた先端に割れ目を押し当ててきた。

「ああ、年下の子なんて初めて……」

貴美江は言い、若いペニスを味わうように息を詰めてゆっくり腰を沈み込ませた。

張り詰めた亀頭が潜り込むと、あとはヌルヌルッと滑らかに根元まで呑み込まれていった。

「アアッ……！」

貴美江が顔を仰け反らせて喘ぎ、完全に座り込んでピッタリと股間を密着させせた。彼も、肉襞の摩擦と温もり、大量の潤いと締め付けに包まれながら快感を嚙み締めた。

彼女は上体を反らせたまま、何度かグリグリと股間を擦り付けていたが、やがてゆっくりと身を重ねてきた。

見ると、また濃く色づいた乳首にポツンと母乳の白濁した雫が膨れ上がっている。

「顔にかけて……」

純二が言うと、貴美江も巨乳を突き出し、自ら指で乳首を摘んだ。

するとポタポタと生ぬるい雫が滴り、無数の乳腺からも霧状になった母乳が彼の顔中に降りかかってきた。

5

「ああ、気持ちいい……」

純二は顔中に母乳の雫を受け、甘ったるい匂いに包まれながら喘いだ。

すると貴美江も、徐々に腰を動かしはじめ、上からピッタリと唇を重ねてきたのだ。

生温かな唾液に濡れた舌が滑らかにからみつき、純二も美女の唾液を味わいながらズンズンと股間を突き上げた。

「アア、いいわ、すぐいきそうよ……」

貴美江が口を離して喘ぎ、次第に互いの動きがリズミカルに一致し、溢れる愛液でヌラヌラと律動が滑らかになった。

滴る愛液が陰嚢を濡らし、彼の肛門の方にまで伝い流れてシーツに沁み込んでいった。

動きに合わせ、ピチャクチャと淫らに湿った摩擦音が響き、膣内の収縮が活発になった。

貴美江の吐き出す息は熱く湿り気があり、宴会で飲んだアルコールの香気が混じり、甘く濃厚な刺激が彼の鼻腔を掻き回した。

さらに彼女は、純二の顔中を濡らした母乳を舐め取るように舌を這わせてきたのだ。

鼻の穴から鼻筋、頬から口の周り、瞼まで舐め回され、彼は美女の唾液と吐息の匂いに包まれ、急激に絶頂を迫らせていった。

すると、先に貴美江の方がガクガクと狂おしい痙攣を開始したのだ。

「い、いっちゃう……、アアーッ……！」

声を上ずらせ、オルガスムスの大波に呑み込まれながら彼女は激しく乱れた。

純二も美人妻の絶頂に圧倒されながら、その収縮に巻き込まれるように、続いて昇り詰めてしまった。

「く……！」

突き上がる絶頂の快感に呻き、熱い大量のザーメンをドクンドクンと勢いよくほとばしらせ、柔肉の奥深い部分を直撃すると、

「あう、もっと……！」

噴出を感じた貴美江が駄目押しの快感に呻き、ザーメンを飲み込むようにキュッキュッと締め付けてきた。

純二も激しく股間を突き上げ、心地よい摩擦の中で最後の一滴まで出し尽くしていった。

すっかり満足しながら、徐々に動きを弱めていくと、

「アア……、こんなに感じたの初めてよ……」

貴美江も満足げに声を洩らし、熟れ肌の硬直を解きながらグッタリともたれか

かってきた。

純二は彼女の重みと温もりを受け止め、まだ名残惜しげに収縮している膣内に刺激されながら、ヒクヒクと過敏に幹を跳ね上げた。

「あう、まだ動いてる」

貴美江がキュッキュッと締め上げながら言い、彼は美女の吐き出すかぐわしい息を胸いっぱいに嗅いで、うっとりと快感の余韻に浸り込んでいったのだった。

やがて、それ以上の刺激を避けるように、貴美江がそろそろと股間を引き離し、ゴロリと添い寝してきた。純二も甘えるように腕枕してもらい、熟れた体臭に包まれながら呼吸を整えた。

こんなに快くさせてくれるのなら、一度目の人生でも思い切って求めれば良かったと思った。

6

「まあ、まだこんなに勃ってるの……？」

貴美江が添い寝しながら気づいて言い、愛液とザーメンにまみれたペニスに指を這わせた。

「うん、もう一回ぐらいしたい……」

純二も、温もりと匂いに包まれながら答えた。

「さすがに若いのね。でも良かったのなら私も嬉しいわ」

貴美江は甘い息で囁きながら、幹を握って動かしてくれた。

「でも、もう一回したら明日出勤できなくなりそう。お口でもいいかしら」

貴美江が嬉しいことを言ってくれた。

「うん……」

「いっぱいミルク飲んでもらったから、今度は私が飲んであげる……」

貴美江が言って身を起こし、大股開きにさせた彼の股間に腹這い、顔を寄せてきた。

そして純二の両脚を浮かせると、何と自分がされたように、まず彼の尻の谷間に舌を這わせてくれたのだった。

熱い鼻息で陰嚢をくすぐりながら、チロチロと肛門を舐め回し、ヌルッと舌を潜り込ませると、

「あう……」

彼は妖しい快感に呻き、キュッと肛門で美女の舌先を締め付けた。貴美江が内部で舌を蠢かせると、まるで内側から刺激されたように勃起したペニスがヒクヒクと上下した。

やがて充分に舌を動かしてから脚を下ろすと、彼女は陰嚢にしゃぶり付き、二つの睾丸を舌で転がし、熱い息を股間に籠もらせながら袋全体を生温かな唾液にまみれさせてくれた。

「アア……」

純二が喘ぎ、せがむように幹を震わせると、貴美江も身を乗り出してきた。そして何と、自ら乳首をつまんで、ペニスにポタポタと母乳の雫を垂らしてくれたのだ。

さらに巨乳の谷間に幹を挟み、両側から揉みしだいてくれた。

「あう、気持ちいい」

純二は肌の温もりと母乳のヌメリ、パイズリの快感に呻いた。

そして彼女はようやく舌を伸ばしてチロチロと先端を舐め、愛液とザーメンの湿り気を残す亀頭にしゃぶり付いてきた。

そのままモグモグとたぐるように根元まで呑み込み、舌をからめながら顔を上下させ、スポスポと激しい摩擦を開始してくれた。

「い、いきそう……」

純二も股間を突き上げながら高まって口走り、濡れた唇の摩擦で絶頂を迫らせていった。

貴美江も、最初から口に受けるつもりでいるので、濃厚な愛撫を続行してくれた。

「いく……、ああッ！」

とうとう純二は二度目の絶頂を迎えて喘ぎ、ありったけのザーメンをドクンドクンとほとばしらせた。

「ク……、ンン……」

二度目とも思えない勢いに彼女は小さく呻き、なおも吸引と摩擦を繰り返して噴出を受け止めてくれた。

「アア……」

やがて最後の一滴まで絞り尽くし、彼は声を洩らしてグッタリと力を抜いた。

貴美江も愛撫を止め、口に溜まったザーメンをゴクリと一息に飲み干してくれたのだった。

7

「おはよう!」

翌朝、純二が出勤すると人妻ＯＬの貴美江が笑顔で挨拶してきた。

昨夜は彼女の家で濃厚なセックスをし、さらに口内発射までさせてもらったのだ。

純二は興奮を甦らせたが、当然ながら貴美江は何事もなかったような表情で自分のデスクへと行った。

そこへ企画部長の佐知子がやって来た。

「今日は資料室へ行って先の展望を見通して。未来の新製品を先に作る分には盗用にならないでしょう?」

後半は囁くように言うので、甘い吐息が純二の鼻腔をくすぐった。

「分かりました」

確かに、社史を見れば純二も未来の記憶が鮮明になるだろうし、レコードやカセットテープの衰退で業績が落ち込んだ時期を回避できるかも知れない。

「じゃ大川さん、一緒に資料室に行って彼を手伝って」

「分かりました」

佐知子に言われ、すぐに貴美江も立ち上がって答えた。

二人は一緒にオフィスを出て、上階にある資料室に向かった。

「済みません、後輩を手伝えなんて」

「ううん、半年のうちにずいぶん部長の信頼を得ているのね」

純二が言うと、貴美江も頼もしげに答えた。

当然ながら内心では、昨夜の目眩く快楽を思い出しているのだろう。彼女からは、また甘ったるい匂いが漂っていた。

やがて資料室に入り、社史や新開発に関する冊子を持って奥に行った。

室内には資料の詰まった多くのスチール棚が所狭しと並び、いちばん奥には閲覧用の椅子と机があるのだ。

「どうすればいい？」

「じゃ過去の企画書と、のちに出た新製品を比較したいので」

「分かったわ」

言うと、貴美江はすぐに要領を得て企画書をまとめ、純二も新製品の開発資料を過去十年分調べてみた。

なるほど、未来を知っている純二からすれば、その進歩は実に緩慢なものであった。

そこで彼はノートを開き、思い出せる限りの新企画と製品を書き出し、過去と比較しながらビジョンを立てた。

純二の熱心さに貴美江も懸命に資料を当たってくれたが、もちろん彼のノートは未来の情報だから、貴美江に見られるわけにいかない。

やがて昼まで頑張ると、二人で社員食堂へ行き、また戻って仕事をしたが、一段落すると、彼はどうにも貴美江の発する甘い匂いに股間が熱くなってきてしまった。

もう資料の閲覧も充分だし、貴美江の方もそれを察してか、そろそろ二人きりを意識しはじめたように熱っぽい眼差しになってきた。

「ねえ、勃ってきちゃった……」

「まあ、いけない子ね。ここは神聖な会社の中なのよ」

甘えるように言って、突っ張った股間を突き出すと、貴美江が呆れたように言いながらも、そっと彼の股間に手を這わせてきたのだった。

8

「すごい硬くなってる。これじゃ仕事に集中できないわね」

貴美江が言い、テントを張った純二の股間を撫で回した。

「うん、一回抜きたい」

「困った子だわ。じゃ急いでしましょうね」

言うと貴美江も、制服の青いスカートをめくり上げ、下着ごとパンストを脱ぎ去ってしまった。

純二も立ち上がってズボンと下着を下ろし、ピンピンに勃起したペニスを露わにした。

まず資料室は、誰かが来ることはない。仮に来ても、林立するスチール棚に遮られ、ここは死角になっているので、手早く身繕いできるだろう。

ドアをロックすることも考えたが、開かないのは不審がられるし、逆にロックしないことでスリルが増す方を選んだ。

「こんなに勃って。そんなに私が好き？」

貴美江が嬉しげに言って膝を突き、椅子に掛けている彼の股間に顔を寄せてきた。

そして幹にそっと指を添え、粘液が滲みはじめている尿道口をチロチロと舐めながら、彼女は目を上げて純二の反応を見つめた。

「ああ、気持ちいい」

純二がうっとりして言うと、彼女も満足げに目を伏せて、本格的にスッポリと肉棒を呑み込んでいった。

窓からブラインド越しに陽は射しているが、エアコンも点けず薄寒い室内で、ペニスのみが温かく快適な口腔に包み込まれた。

「ンン……」

貴美江は先端が喉の奥につかえるほど深々と含み、熱い息を股間に籠もらせた。

そして幹を丸く口で締め付けて吸い、口の中ではネットリと舌がからみつき、たちまち彼自身は美人妻の生温かな唾液にどっぷりと浸り込んだ。

さらに貴美江は顔全体を小刻みに上下させ、濡れた唇でスポスポと強烈な摩擦を繰り返したのだった。

「い、いきそう……」

社内というスリルも加わり、純二は急激に高まって口走った。

彼女にしてみれば、早々と住ませた方が気持ちも楽だろうが、自分だって脱いだのだから愛撫して欲しいに違いない。

すぐに貴美江はスポンと口を離して顔を上げ、

「どうしたらいい？」

彼に訊いてきた。

「じゃ、ここに座って」

純二は言い、ハンカチを出して目の前の机に敷いた。

貴美江も机に乗ってハンカチに座り込み、彼の目の前で脚をM字に開いてくれた。

ブラインド越しに射す日が、割れ目を余すところなく照らし、純二も顔を寄せて目を凝らした。

はみ出した陰唇が縦長のハート型に開かれ、ヌメヌメと潤う膣口と、光沢あるクリトリスが覗いていた。

純二は吸い寄せられるように顔を埋め込み、柔らかな茂みに鼻を擦りつけ、隅々に籠もって蒸れた汗とオシッコの匂いを貪った。

そして舌を挿し入れ、淡い酸味のヌメリをクチュクチュ掻き回しながら膣口からクリトリスまで味わいながらゆっくりと舐め上げていった。

9

「アアッ、いい気持ち」

机に座っている貴美江が後ろに手を突き、股間を突き出しながら熱く喘いだ。

純二もチロチロとクリトリスを舐め回しては、新たに溢れてくる愛液をすすった。

さらに白く豊満な尻の谷間にも鼻を埋め込み、レモンの先のように僅かに突き出た蕾を嗅ぎ、舌を這わせた。

「あう、そんなところはいいから、早く入れたいわ……」

貴美江が腰をくねらせて言い、挿入をせがんだ。

やはり社内だから早く済ませようとし、その分急激に高まっているようだった。

純二は彼女の股間から顔を離し、左右の椅子を引き寄せた。

そして貴美江の手を引くと、彼女も机から降りて左右の椅子に足を置き、ペニスにしゃがみ込んできた。

見ると彼が敷いたハンカチは、大量の愛液が沁み込んで濡れていた。

貴美江は先端に割れ目を押し当て、位置を定めるとゆっくり座り込み、ヌルヌルッと滑らかにペニスを根元まで受け入れていった。

「アアッ……！」

彼女が顔を仰け反らせて喘ぎ、ピッタリと股間を密着させた。

純二も、熱いほどの温もりときつい締め付け、肉襞の摩擦と潤いに包まれて快感を噛み締めた。

そして両手を回して彼女の身体を支えた。

「アア、まさか社内でしちゃうなんて……」

貴美江が息を弾ませて言い、さらに興奮が高まったようにブラウスのボタンを外して左右に開き、ブラをずらして巨乳をはみ出させた。

見ると、濃く色づいた乳首からは、今日もうっすらと新鮮な母乳が滲み出ていた。

純二も屈み込んで乳首に吸い付き、舌で転がしながら生ぬるく薄甘い母乳を味わった。

「あう、もっと吸って」

貴美江も膨らみを揉みしだき、純二が強く乳首を吸うと、新たな母乳が悩ましく彼の舌を濡らしてきた。

うっとりと喉を潤しながら膣内の幹をヒクヒク震わせると、やがて貴美江もスクワットするように左右の椅子に両足を踏ん張り、腰を上下させはじめたのだ。

純二も左右の乳首を吸い、母乳を貪りながら両手で彼女を抱きすくめ、上下させながら股間を突き上げた。

たちまち二人の動きがリズミカルに一致し、ピチャクチャと淫らに湿った摩擦音が聞こえ、互いの股間がビショビショになった。

高まりながら唇を重ねると、

「ンンッ……」

貴美江は熱く鼻を鳴らし、ネットリと舌をからみつけてきた。

純二も、生温かな唾液に濡れて滑らかに蠢く舌を味わい、肉襞の摩擦の中でジワジワと絶頂を迫らせていった。

すると膣内の収縮も活発になってゆき、貴美江は息苦しくなったように唇を離した。

「アア……、いきそうよ、すごくいい……！」

貴美江が声を上ずらせて言い、腰の動きを速めていった。

10

「お願い、もっと突いて」

貴美江が言い、純二も彼女を抱きながらズンズンと激しく股間を突き上げた。

彼女の吐息は、本来の甘い匂いに混じり、昼食の名残なのか、オニオン臭も僅かに感じられ、実に悩ましい刺激が鼻腔を掻き回してきた。

やはりケアし尽くして無臭に近いより、濃厚な刺激があった方が、まさにリアルな女体を相手にしている実感が湧いて良かった。

純二は彼女の喘ぐ口に鼻を擦りつけ、唾液と吐息の混じった匂いに包まれながら、肉襞の摩擦にとうとう昇り詰めてしまった。

「い、いく……！」

突き上がる絶頂の快感に口走りながら、熱い大量のザーメンをドクンドクンと勢いよくほとばしらせると、

「か、感じるわ、いく、アアーッ……！」

奥深くに噴出を受け止めた途端、貴美江もオルガスムスのスイッチが入ったように声を上げ、ガクガクと狂おしい痙攣を開始した。

あとは声もなく身を振るわせ、股間を擦り合いながら快感を噛み締め、純二は心置きなく最後の一滴まで出し尽くしていった。

互いに着衣のまま、肝心な部分だけ繋がるというのも、実に刺激的であった。

すっかり満足しながら突き上げを止めて呼吸を整えると、

「アア……」

貴美江も満足げに声を洩らし、肌の強ばりを解きながらグッタリともたれかかってきた。

まだ息づくような収縮が繰り返され、刺激されるたび過敏になっているペニスが内部でヒクヒクと震えた。

そして純二は、美女の唾液と吐息と母乳の混じった匂いを嗅ぎながら、うっとりと快感の余韻を味わったのだった。

「だ、誰にも聞こえなかったかしら……」

「ええ、廊下に足音も聞こえなかったから大丈夫です」

激情が過ぎ去ると、貴美江は急に冷静さを取り戻し、心配になったようだが彼が安心させるように言った。

やがて荒い息遣いを整えると、貴美江がポケットティッシュを出し、股間に当てながらそろそろと引き離した。

そして椅子から降りて身繕いをし、彼もティッシュでペニスを拭いて下着とズボンを整え、愛液に湿ったハンカチも畳んでポケットに戻した。

「ああ、まだ胸がドキドキしているわ……」

貴美江が力なく椅子に座り込み、コンパクトを出して髪や顔をチェックしながら言った。

やはり功労賞をもらったくらいの彼女だから、社内での行為はかなり禁断の興奮があったようだ。

それなら純二も、実際はさらに定年間近まで勤務したのだから、それ以上に禁を犯す興奮の余韻があった。

「やっぱり、家のベッドとは全然違うわね……」

「ええ、みんなが働いているのだから申し訳ないです」

彼も答え、情事の痕跡がないかチェックして、さらに仕事を再開した。

11

「ええ、良くまとまっているわ」

定時間際、純二と貴美江が企画部のオフィスに戻ってノートを見せると、佐知子も目を通しながら満足げに答えた。

まさか資料室で、彼と貴美江が情事に耽ったなど佐知子は夢にも思っていないだろう。

やがて定時になり、貴美江を含め社員たちが退社していった。

「残業できる？」

「ええ……」

佐知子が言い、純二も頷いた。

「明日にも父が帰国するので、上の部屋を使えるのも今日だけなの」

佐知子が艶めかしい眼差しで言い、純二も急激に淫気を催した。

同じ社屋の中でも、その部屋だけはベッドがあるので別世界である。

そして二人でオフィスを出ると、最上階にある社長室に入り、さらに奥にある私室のベッドルームに行った。

いま五時だから、夕食前の情事ということになろう。

純二は、貴美江としたばかりだが、もちろん相手さえ変わればリセットされてムクムクと勃起してきた。

「あの、シャワーを使いたいんです。ゆうべ入浴したばかりで、今日は多く動いたので」

「いいわ、入って」

彼が言うと、佐知子は何の疑いもなく快く答えてくれた。

純二は手早く全裸になり、バスルームを借りた。

さすがに貴美江に挿入射精し、拭いただけで洗っていないペニスを佐知子に舐められるのは気が引ける。

シャワーを浴びてペニスを念入りに洗い、口をすすぎ、勃起を抑えながらチョロチョロと放尿まで済ませると、純二はさっぱりして身体を拭き、全裸のままバスルームを出た。

すると佐知子も全て脱ぎ去り、ベッドで待っていてくれた。

「私はシャワー浴びなくていいの？　君以上にずいぶん動き回って汗ばんでいるのよ」

「ええ、匂いが濃い方が燃えます」

佐知子が艶然と言うと、彼は答えて添い寝していった。

純二は腋の下に鼻を埋め、生ぬるく蒸れて甘ったるい汗の匂いを貪りながら、形良い乳房に手を這わせた。

すると佐知子も熟れ肌を息づかせながら、そろそろと手を伸ばしてペニスに触れた。

「こんなに硬くなって」

彼女がしなやかな指で愛しげにいじりながら囁いた。

これだけ勃起しているのだから、よもやさっき彼が貴美江としたなど夢にも疑われることはないだろう。

純二は美人上司の体臭で胸をいっぱいに満たしてから、顔を移動させてチュッと乳首に吸い付いて舌で転がした。

貴美江と違い母乳は出ないのに、つい強く吸い付くと、

「あう、もっと優しくして……」

佐知子にたしなめられてしまった。

やがて彼女が仰向けの受け身の体勢になったので、純二はのしかかり、左右の乳首を交互に含んで念入りに舐め回した。

12

佐知子がうっとりと喘ぎ、純二は滑らかな熟れ肌を舐め降りていった。

股間を後回しにし、豊満な腰から太腿、脚をたどって足首まで行き、指の間に鼻を埋め込んで嗅いだ。

指の股は汗と脂に生ぬるく湿り、蒸れた匂いが濃厚に沁み付いていた。

彼は足の匂いを貪り、爪先にしゃぶり付き、両足とも全ての指の間を舐め尽くした。

「ああ、いい気持ち……」

そして大股開きにさせると脚の内側を舐め上げ、熱気の籠もる股間に顔を埋め込んでいった。

柔らかな茂みに鼻を擦りつけると、やはり甘ったるい汗の匂いが濃く籠もり、ほのかなオシッコの匂いも混じって鼻腔を悩ましく刺激してきた。

舌を這わせ、淡い酸味のヌメリを掻き回し、息づく膣口からクリトリスまで舐め上げると、

「アアッ！」

佐知子が身を反らせて喘ぎ、内腿できつく彼の両頰を挟み付けた。

味と匂いを堪能してから、さらに両脚を浮かせ、形良い尻の谷間に鼻を埋め、蕾に籠もる微香を嗅いでからヌルッと舌を潜り込ませた。

「あう、そこはいいから、私にも舐めさせて……」

佐知子が呻き、キュッと肛門で彼の舌先を締め付けながら言った。

やがて彼女の前も後ろも味わい尽くすと、純二は身を起こした。

「顔を跨いで」

すると佐知子が彼の手を引いて言い、純二も恐る恐る上司の顔に跨がっていった。

何と彼女は純二の尻の谷間に舌を這わせ、自分がされたようにヌルッと潜り込ませてきたのだ。

「あう……」

彼は申し訳ないような快感に呻き、真下から熱い息を股間に受けながら、モグモグと味わうように美女の舌先を肛門で締め付けた。

やがて佐知子が舌を離すと、陰嚢に真下からしゃぶり付いて舌で睾丸を転がした。

そして袋全体を生温かな唾液にまみれさせると、いよいよ勃起したペニスに触れ、まずは巨乳の谷間で揉んでくれ、先端に舌を這わせてきた。

さらに腰を抱き寄せ、スッポリと呑み込むと、

「ああ……」

純二は快感に喘ぎ、佐知子の口の中で唾液に濡れたペニスを震わせた。彼女も念入りにしゃぶり、充分に濡らしてからスポンと引き抜いた。

「いいわ、入れて」

彼女が言い、今日は受け身が良いらしく仰向けのままだった。

純二も素直に彼女の股間に身を置き、正常位でペニスを押し付け、挿入していった。

ヌルヌルッと滑らかに根元まで潜り込ませて股間を密着させると、

「アアッ、いいわ……」

佐知子がビクッと顔を仰け反らせて喘ぎ、すぐにも両手を回して彼を抱き寄せた。

純二も熟れ肌に身を重ね、息づく膣内の収縮に包まれながら、ズンズンと腰を突き動かした。

「あう、もっと強く……」

佐知子も股間を突き上げて喘ぎ、甘い花粉臭の吐息を弾ませた。

純二も美女の匂いと感触の中で動き、急激に高まっていった……。

第五章　未来のアイドル

1

「清田君、新人歌手の安藤綾子(あんどうあやこ)をテレビCMに起用したから、撮影に付き添って」

月曜、純二が出社すると部長の佐知子が言って撮影所のメモを渡した。

(あ、安藤綾子……！)

純二は思い出した。

そう、綾子はデビューしたもののパッとしなかったが、コーダのCMに出てから急に人気が出てレコードが売れ、写真集も作られ、半年後には映画のヒロインにも抜擢されるのだ。

もちろん四十年後も、女優として活躍し、その成長を見てきた純二は、常に妄想オナニーでお世話になったものだった。

「彼女、未来ではブレイクするの？」

佐知子が囁いた。

「はい、うちのCMを切っ掛けに大人気歌手になり、女優としても有名になります」

純二も小声で答えた。

確かに綾子は五十代後半になっても、お宝映像としてデビューCMは何度となくバラエティで放映されることになる。

「そう、じゃ任せたわ」

佐知子が言い、純二も頷いた。すると、そこへ根津課長がやって来た。

「部長、そろそろ安藤綾子の撮影ですが」

「あ、清田君に任せたから、あなたは担当から外れていいわ」

「そ、そんな……」

佐知子に言われ、楽しみにしていたらしい根津が肩を落とした。

可哀想に思ったが仕方がない。純二はオフィスを出て撮影スタジオに向かった。

現場に行くと、スポンサーであるコーダ社員の純二は丁重に扱われた。

「よろしくお願いします」

綾子が来て、元気な笑顔で挨拶してきた。

まだ二十歳前で、美少女の雰囲気を残した感じだ。しかしあどけない顔立ちの割りに胸が豊かでアンバランスな魅力がある。全身もムチムチとした健康的な張りに満ちていた。

しかしまだ無名で、初のCM出演なので、綾子はかなり緊張しているらしく、甘ったるい匂いが濃く漂った。

この子が間もなく大ブレイクするなど、この時代の人間はまだ誰も知らないのだ。

だからカメラマンもディレクターも、割りに彼女をぞんざいに扱い、ますます綾子は緊張を高めてしまった。

「大丈夫、リラックスしてね」

純二のみ、優しい笑顔で話しかけるので、綾子もすぐ彼に懐いた感じになった。

CMは新人OLの設定で、制服を着た彼女がオフィスのセットで当社の製品を紹介し、それを何パターンか撮影した。

やがてロケ弁の昼食を挟んで、午後の撮影が二時には終了した。

そこで解散となり、綾子もＯＬの制服から私服のワンピースになった。

まだ仕事の少ない綾子は直帰となり、マネージャーも事務所へ帰ったようだ。

「お疲れ様。じゃ時間があるなら少し打ち合わせたいんだ」

「分かりました」

純二が誘い、綾子と一緒にスタジオを出た。

外を歩いても、まだ誰も綾子を振り向くものはいなかった。

2

「すごく緊張しました」

「そう、でもうちのＣＭで有名になるからね」

まだ撮影の余韻で綾子は息を弾ませて歩き、純二は優しく言った。

「本当ですか？」

「うん、ＣＭで人気が出てレコードが売れて、二枚目も作られ、写真集も出る。

そして青春映画のヒロインに決まるよ」

「何だか、予言者みたいですね」

純二の言葉に、綾子は次第にリラックスしたかクスッと肩をすくめて笑った。

「僕には分かるんだ。必ずそうなるよ。それで、彼氏はいるの?」

純二は肩を並べて歩きながら、肝心なことを訊いた。デビューのとき彼女が処女だったかどうか、未だに気になるのである。

「いました。田舎の高校で、一級上の人と付き合ったけど、彼は家を継いで、私は夢を追求したくて上京したんです」

どうやら一人の男は知っているようだ。

「そう、もっといろいろ訊きたいけど、人目を憚(はばか)るので、あそこへ入ってもいい?」

純二も緊張しながら、見えてきたラブホテルを指して言った。

「え……」

さすがに綾子はためらったが、優しい純二なら良いと思ったか、すぐに小さく頷いた。

「はい、構いません。何だか、清田さんが大きな運をくれるような気がします」

彼女が言った。

今までは、デパートの屋上で歌うばかりで、ろくにテレビにも出ておらず、そのくせ業界人のイヤらしい誘いを受けては、懸命に断ってきたのだろう。

それが純二には心を動かしたようだ。

(うわ、安藤綾子とホテルへ……)

純二は胸を高鳴らせながら、足早に一緒に入った。今の純二は二十四歳だが、実際は六十四歳だ。それが二十歳前の子と密室に入ったのである。

相変わらず、昭和五十四年のラブホは円形の回転ベッドだった。

純二はバスタブに湯を張り、ついでに歯だけ磨いて部屋に戻った。習慣で朝のうちにシャワーを済ませていた。

「とにかく、これから有名になるのだから健康と言動に気をつけて、こういうところに入るのは最後にするといいよ」

もっともらしいことを言ったが、

「入るの、初めてです」

綾子が答え、物珍しげに室内を見回した。どうやら故郷では、専ら彼の部屋でしていたらしい。

あまりの勃起に会話が続かず、綾子も覚悟しているようだから彼も本題に入った。

「じゃ脱ごうか」

「その前にお風呂に。朝から動き回っていたし、最後の入浴が昨日の夕方だったので」

「わあ、そのままでいい」

純二は、間もなく雲の上のアイドルになる綾子の、ナマの匂いを求めて勢い込んだ。

そして綾子のブラウスのボタンを外しはじめると、彼女も諦めたように途中から自分で脱ぎはじめてくれた。

それを見て純二も安心し、自分も手早く脱いでいったのだった。

3

「知りませんよ、すごく汗臭くても」

「うん!」

純二は元気よく綾子に答え、先に全裸になってベッドに横になった。

綾子も、意を決すると後はためらいなく脱いでゆき、服の内に籠もっていた熱気が甘ったるい匂いを含んで揺らめいた。

やがて最後の一枚を脱ぎ去ると、彼女は羞じらいに身を硬くして添い寝してきた。

(わあ、夢のようだ)

純二は激しく勃起しながら、甘えるように綾子に腕枕してもらい、ジットリ汗ばんだ腋の下に鼻を埋め込んだ。

「あん……」

彼女が可憐な声で喘ぎクネクネとくすぐったそうに身悶えた。

純二も感激に包まれながら、ジットリ湿ってミルクのように甘ったるい汗の匂いを籠もらせている腋を貪った。

思えば彼女の写真集を見ながら、匂いを想像して何度抜いたことだろうか。それが現実に、しかもブレイク前の若い綾子の、ナマの体臭を味わっているのだ。

鼻を擦りつけて嗅ぎながら見ると、豊かな乳房が艶めかしく息づいていた。しかし膨らみは一人前だが、さすがに乳首と乳輪は初々しく淡い桜色をしていた。

純二は充分に胸を満たしてから移動し、チュッと乳首に吸い付いて舌で転がした。

「アア……！」

綾子がビクッと顔を仰け反らせて喘ぎ、思わず両手で彼の顔を抱きすくめてきた。

純二は顔中が柔らかく張りのある膨らみに埋まり込み、心地よい窒息感に噎せ返った。

充分に愛撫してから、もう片方の乳首も含んで舐め回し、やがて滑らかな思春期の肌を舐め降りていった。

愛らしい縦長の臍を探り、ピンと張り詰めた下腹に顔を押し付け、心地よい弾力を味わった。

もちろん股間は後回しにし、腰からムッチリした太腿をたどり、脚を舐め降りていった。

足首まで行くと足裏に回り込み、踵から土踏まずを舐め、縮こまった足指に鼻を押し付けて嗅いだ。指の股は、生ぬるい汗と脂にジットリ湿り、ムレムレの匂いが濃厚に沁み付き、悩ましく鼻腔を刺激してきた。

（綾子の足の匂い……）

純二は感激と興奮に胸を弾ませ、充分に鼻腔を満たしてから爪先にしゃぶり付き、順々に指の間に舌を割り込ませて味わった。

「あう、ダメ、汚いから」

綾子が驚いたように呻き、ビクリと反応しながら指で彼の舌を挟み付けてきた。

純二は両足とも味と匂いが薄れるほどしゃぶり尽くすと、綾子をうつ伏せにさせた。

そして踵からアキレス腱、脹ら脛から太腿、尻の丸みをたどり、腰から滑らかな背中を舐め上げた。ブラの痕は淡い汗の味がし、

「アアッ……！」

背中も、かなりくすぐったく感じるらしく綾子は顔を伏せて喘いだ。

肩まで行って、しなやかな髪に鼻を埋めて嗅ぐと、リンスの香りに混じり、ほのかに乳臭い匂いが鼻腔を満たした。

4

（どこも、何ていい匂い）

純二は綾子を愛撫しながら、匂いだけで暴発しそうな高まりを覚えた。

耳の裏側の蒸れた匂いも嗅いで舌を這わせ、やがてうなじから背中を這い下り、再び白く丸い尻に戻ってきた。

指でムッチリと谷間を広げ、ひっそり閉じられた可憐なピンクの蕾に鼻を埋め込んで嗅ぐと、秘めやかに蒸れた匂いが籠もり、悩ましく鼻腔を刺激してきた。

純二は顔中を弾力ある双丘に密着させて嗅ぎ、舌を這わせて息づく襞を濡らすと、ヌルッと潜り込ませて滑らかな粘膜を探った。

「あう……！」

綾子が呻き、キュッときつく肛門で舌先を締め付けてきた。

彼は執拗に舌を蠢かすと、綾子はそれ以上の刺激を避けるように再びゴロリと寝返りを打ってしまった。

純二も顔を上げ、彼女の片方の脚をくぐると、仰向けになった股間に顔を寄せていった。

張りのある滑らかな内腿を舐め上げ、熱気と湿り気の籠もる割れ目に迫ると、すでにそこは大量の蜜に潤っていた。

ぷっくりした丘には淡い若草が恥ずかしげに煙り、はみ出した花びらは綺麗なピンク色をしていた。そっと指を当てて陰唇を左右に広げると、中はヌメヌメと濡れ、花弁状に襞の入り組む膣口が息づいていた。

ポツンとした小さな尿道口もはっきり確認でき、包皮の下からは小粒のクリトリスが光沢を放ち、精一杯ツンと突き立っていた。

もう堪らず、彼は吸い寄せられるようにギュッと顔を埋め込んでいった。柔らかな恥毛に鼻を擦りつけると、隅々には腋に似た甘ったるい汗の匂いが籠もり、それに淡いオシッコの匂いと、蒸れたチーズ臭も混じって悩ましく鼻腔を刺激してきた。

「いい匂い」

「あん!」

思わず言うと、綾子が羞じらいに喘ぎ、キュッときつく内腿で彼の両頬を挟み付けてきた。

純二はもがく腰を押さえ、舌を挿し入れていった。淡い酸味のヌメリに満ちた膣口をクチュクチュ掻き回し、柔肉をたどってクリトリスまで舐め上げていくと、

「アアッ……！」

綾子が身を弓なりに反らせて熱く喘ぎ、顔を挟む内腿に強い力を込めてきた。

舌先でチロチロとクリトリスを舐めると潤いが増し、彼女の白い下腹がヒクヒクと波打った。

「も、もうダメ……」

すっかり絶頂を迫らせたように、綾子が声を震わせて言った。

純二も、味と匂いを心ゆくまで堪能してから、ようやく股間から這い出して添い寝し、綾子の手を握って強ばりに導いていった。

触れると、彼女も汗ばんで柔らかな手のひらに包み、ニギニギと愛撫してくれた。

「ああ、気持ちいい……」

純二は快感に喘ぎながら、そろそろと綾子の顔を股間へと押しやった。

すると彼女も素直に移動し、大股開きになった純二の股間に腹這い、顔を寄せてきた。

5

「すごいわ。大きい……」

綾子が、熱い視線を純二のペニスに注ぎながら言った。

きっと高校時代の元彼は、それほどの巨根ではなかったようだ。

「お口で可愛がって」

純二は仰向けの受け身体勢になり、期待と興奮に胸を震わせて言った。

すると意外なことに綾子は、彼の両脚を浮かせ、尻の谷間から舐めてくれたのである。

元彼にもさせられていたのか、あるいは自分がされて心地よかったのかも知れない。

チロチロと可憐な舌先が肛門に這い回り、ヌルッと潜り込んできた。

「く……」

純二は妖しい快感に呻き、モグモグと味わうように、間もなく超有名人となる綾子の舌先を肛門で締め付けた。

ように彼女の熱い鼻息が陰嚢をくすぐり、内部で舌が蠢くたび、内側から刺激される
ようにペニスがヒクヒクと上下した。

「も、もういい……」

純二は、申し訳ないような快感に言って脚を下ろした。

すると綾子も舌を引き離し、そのまま陰嚢にしゃぶり付いてきた。

二つの睾丸を舌で転がし、袋全体を生温かな唾液にまみれさせると、いよいよ
身を乗り出してペニスの裏側をゆっくり舐め上げてきた。

滑らかな舌が先端まで来ると、彼女は幹にそっと指を添え、粘液の滲む尿道口
も厭わず、チロチロと舐め回してくれた。

そして張り詰めた亀頭をくわえると、スッポリと喉の奥まで呑み込んでいった。

「ああ……」

純二は快感に喘ぎ、アイドルの生温かく濡れた口の中で幹を震わせた。

「ンン……」

綾子も深々と含んで熱く鼻を鳴らし、幹を丸く締め付けて吸い、熱い鼻息で恥
毛をそよがせた。

口の中ではクチュクチュと舌が蠢き、たちまちペニス全体は清らかな唾液に温

かく浸った。

思わず小刻みにズンズンと股間を突き上げると彼女も合わせて顔を上下させ、濡れた口でスポスポと強烈な摩擦を繰り返してくれた。

股間を見ると、可憐なアイドルがお行儀悪くペニスを頬張り、上気した頬をすぼめて吸い付いている。

未来のファンたちは、どれほどこうした行為を妄想してオナニーしたことだろう。

「い、いきそう……」

すっかり高まった純二が言うと、綾子もチュパッと軽やかな音を立てて口を離した。

純二は枕元にあったコンドームを取り、封を開けた。

まだ低容量ピルは認可されていないし、当然綾子は服用していない。妊娠でもさせて未来のアイドルの歴史を変えてはいけない。

もちろん０・０１ミリなんて薄型もないが、何しろ興奮が絶大なので、彼は装着し、彼女の手を引いて跨がらせた。

「私が上？」

「うん、下から綺麗な顔を見たいんだ」

彼は答え、真下から先端を濡れた割れ目に押し付けると、綾子も自分から位置を定め、ゆっくり腰を沈ませていった。

6

「アアッ……！」

ヌルヌルッと滑らかに根元まで受け入れると、綾子が顔を仰け反らせて喘いだ。

純二も肉襞の摩擦と熱いほどの温もり、きつい締め付けと潤いを感じながら快感を噛み締めた。

やがて綾子が完全に座り込み、股間を密着させると、純二も両手を伸ばして抱き寄せた。

綾子が身を重ねてくると、純二は両膝を立てて彼女の尻を支えた。

そして下から顔を抱き寄せ、ピッタリと唇を重ねていった。

アイドルとの憧れのキスは、どこもかしこも舐め合った最後になってしまった。

純二は密着する柔らかな唇の感触と唾液の湿り気を味わい、舌を挿し入れて滑らかな歯並びを左右にたどり、ピンクの引き締まった歯茎も舐め回した。

「ンン……」

綾子も歯を開いて受け入れ、熱く鼻を鳴らしながらネットリと舌をからみつけてくれた。

生温かな唾液に濡れた舌が滑らかに蠢き、純二は堪らずにズンズンと股間を突き上げはじめた。

「あぁッ……！」

綾子が口を離して喘いだ。それでも愛液が充分なので、すぐにも動きはヌラヌラと滑らかになっていった。

彼女の吐き出す息は熱く湿り気を含み、甘酸っぱい果実臭に、ほんのりとロケ弁の名残か、オニオン臭も混じって、悩ましい刺激が純二の鼻腔を掻き回した。

一種のギャップ萌えだろう、可憐な顔立ちに濃い匂いが何とも興奮を高め、あの綺麗な歌声は、こういう匂いがしていたのかと純二は大きな感激に包まれた。

さらに綾子の喘ぐ口に鼻を押し付け、濃厚な吐息と唾液の匂いを味わい、快感に任せて突き上げを強めていった。

「ああ、感じる……」

綾子も合わせて腰を遣い、熱い喘ぎに、ピチャクチャという淫らな摩擦音が混じっていった。

大量に溢れた愛液が陰嚢の脇を伝い流れ、彼の肛門の方まで生温かく濡らしてきた。

「唾を垂らして」

興奮に任せて言うと、

「どうして？」

彼女が喘ぎを抑え、不思議そうに訊いた。

「飲みたいから。それにこれから女優になるのだから、どんなことも出来るようにならないとね」

訳の分からないことを言うと、多分彼女もそんな役は来ないと思いつつも、口に唾液を溜め、愛らしい唇をすぼめて迫った。

天使のような唇から、白っぽく小泡の多いシロップがトロトロと吐き出されると、純二は舌に受けて味わい、うっとりと喉を潤した。

さらに彼女の濡れた唇に鼻を擦りつけ、顔中唾液にまみれさせてもらいながら悩ましい吐息の匂いに高まった。

綾子も、相当に快感が高まっているように膣内を収縮させた。

「い、いく……！」

とうとう純二は大きな絶頂の快感に貫かれ、熱い大量のザーメンをドクンドクンと勢いよくほとばしらせてしまった。

「アア……！」

幹の震えを感じながら綾子も声を上ずらせた。

7

「す、すごいわ、いい気持ち……！」

綾子が声を上ずらせ、ガクガクと狂おしい痙攣を開始し、どうやら本格的なオルガスムスに達してしまったようだ。

純二も、大きな絶頂の快感に全身を貫かれながら、熱い大量のザーメンをドクンドクンと勢いよくほとばしらせた。

もっとも射精はコンドームの中だから、彼女に噴出の感覚は伝わらないだろう。

やがて彼は快感を噛み締めながら、心置きなく最後の一滴まで出し尽くしていった。

そして満足しながら突き上げを弱めていくと、

「アア……」

綾子も声を洩らし、肌の強ばりを解いてグッタリと力尽きたようにもたれかかってきた。

純二はアイドルの重みと温もりを受け止め、まだ息づく膣内でヒクヒクと過敏に幹を震わせた。

そして綾子の喘ぐ口に鼻を押し付け、湿り気ある甘酸っぱい吐息を胸いっぱいに嗅ぎながら、うっとりと快感の余韻を味わったのだった。

「入れられていったの、初めてです……」

綾子が、息を弾ませながら囁いた。

どうやら、今まで指や舌でクリトリスを刺激されて果てることはあっても、挿入されてのオルガスムスは初体験だったようだ。

「こんなに気持ち良いものだなんて、思っていませんでした……」

「そう、それは良かった」

純二も心から良かったと思い、その瞬間に立ち会えたことに感激した。

やがて、いつまでも乗っていると悪いと思ったのか、綾子がノロノロと身を起こして股間を引き離した。

純二もコンドームを外して捨てると、一緒にベッドを降りてバスルームへ移動した。

シャワーの湯で身体を洗い流し、一緒にバスタブに浸かると、すぐにも彼は湯の中でムクムクと回復してしまった。

充分に温まってから出ると、純二は洗い場の床に座り、目の前に綾子を立たせた。

「オシッコしてみて」

「え？　無理です、そんなこと……」

割れ目に迫って言うと綾子が驚いたように答え、文字通り尻込みした。

「少しでいいから」

「ダメです。見られていたら出ません」

「じゃ、見ないから背中側でして」

純二は言って背を向け、彼女の片方の足を浮かせてバスタブのふちに乗せさせた。ちょうど、肩と背中を跨いだ感じである。

割れ目は見えないが、純二の正面にある鏡で彼女の表情は見えた。

「身体にかかりますよ。いいんですか……」

「うん、すぐ流すからね」

「あう……、何だか本当に出ちゃう……」

綾子も尿意が高まったか、声を震わせて言うなり、間もなくチョロチョロと彼の肩に温かな流れが注がれてきた。

「ああ、気持ちいい……」

純二は、アイドルの出したものを肌に受け、震えるような快感に包まれて言った。

温もりとともに、肩越しにほのかな香りも感じられた。

8

「アア、信じられない、こんなこと……」

綾子が、純二の肌に放尿しながら声を震わせて言った。

そんな彼女の羞恥の表情が鏡に映り、彼は見ながら激しく勃起した。

しかし一瞬勢いが増したものの、間もなく流れが治まってしまった。

純二は振り返り、思わず触れた割れ目に舌を這わせてしまった。

「あん、ダメです、そんなこと」

綾子が言い、いきなりシャワーの湯を彼の顔に浴びせてしまった。

「うわ……」

湯で噎せそうになり純二は顔を離したが、一瞬にしろ雫を味わえて良かったと思った。

「汚いからダメですよ」

綾子はお姉さんのように、優しくメッと睨んで言いながら、股間を洗い流してしまった。

やがて二人で、もう一度湯に浸かった。

「飲んでみたかったなあ」

「ダメ！」

また綾子に睨まれ、純二はどうにも、もう一回射精しなければ治まらなくなった。

身体を拭いてベッドに戻ると、彼は綾子を仰向けにさせ、また割れ目を舐め回した。

残念ながら濃厚だった匂いも消えてしまったが、新たな愛液にヌラヌラと舌の動きが滑らかになった。

「ああ、いい気持ち……」

綾子もすっかり喘ぎ、ヒクヒクと下腹を震わせて高まった。

やがて充分に濡れると、純二は身を起こして股間を進め、今度はナマで挿入してしまった。

一度目を終えたばかりだから暴発の恐れはないし、中に射精しなければ大丈夫だろう。

先端を擦り付けてヌメリを与え、やがてヌルヌルッと根元まで挿入していった。

「あう……」

綾子がビクッと顔を仰け反らせて呻き、キュッときつく締め付けた。

純二も肉襞の摩擦と温もりに包まれ、快感を噛み締めながら股間を密着させると、脚を伸ばして身を重ねていった。

まだ動かず、屈み込んで左右の乳首を吸い、首筋を舐め上げてピッタリと唇を重ねた。

そして舌をからめながら、徐々に腰を突き動かしていくと、

「ンン……」

綾子が熱く呻き、下から両手で激しくしがみついてきた。

溢れる愛液で動きが滑らかになり、クチュクチュと淫らに湿った摩擦音も聞こえてきた。

彼の胸の下では張りのある乳房が押しつぶされて心地よく弾み、柔らかな恥毛が擦れ合い、コリコリする恥骨の膨らみも伝わってきた。

綾子は、生温かな唾液に濡れて舌を滑らかに蠢かせていたが、

「ああ……、いいわ……」

息苦しくなったように口を離して喘いだ。

純二は彼女の甘酸っぱい吐息を間近に嗅ぎながら、腰の動きを早めて高まった。

「ベロを出して」

囁くと、綾子も素直にチロリと可愛い舌を出してくれ、彼は鼻を擦りつけてヌラヌラと唾液にまみれた。

そしていよいよ絶頂が迫ってきた。

9

「い、いきそう……」

純二は、綾子の唾液と吐息の匂いに包まれながら、良く締まる膣内の摩擦に高まって喘いだ。

しかし中に射精するわけにいかない。

いかに過去にタイムスリップした夢の世界であろうと、綾子には現実の未来があるのだ。

やがて純二は動きを止め、名残惜しいままにペニスを引き抜いて添い寝した。

「どうか、お口でして」

言うと綾子が顔を移動させたので、純二も仰向けになって大股開きになった。

彼女は真ん中に腹這うと、熱い息を弾ませて顔を寄せてきた。

そして自らの愛液にまみれた亀頭にしゃぶり付き、上気した頬をすぼめて吸い付いてきた。

「ああ……」

スッポリと根元まで呑み込まれた純二は、快感に熱く喘いだ。

綾子は熱い鼻息で恥毛をそよがせながら、幹を丸く締め付けて吸い、口の中ではクチュクチュと満遍なく舌をからめてきた。たちまちペニス全体は、アイドルの清らかな唾液に生温かくまみれて震えた。

純二がズンズンと股間を突き上げると、

「ンン……」

喉の奥を突かれた綾子が小さく呻き、さらにたっぷりと唾液を分泌させてきた。

そして動きを合わせて顔を小刻みに上下させ、濡れた口でスポスポと強烈な摩擦を繰り返してくれた。

「い、いきそう。見つめて……」

純二が言うと、綾子もおしゃぶりしながら目を上げ、彼の顔を見つめてくれた。

間もなく何万人ものファンが夢中になる、可憐な顔の綾子が今は自分のペニスにしゃぶり付いているのだ。

そう思うと純二は、唇の摩擦と唾液のヌメリの中、彼女の表情を見つめながら激しく昇り詰めてしまったのだった。

「い、いく……！」

突き上がる快感に口走り、純二はありったけの熱いザーメンを、綾子の清らかな口の中にドクンドクンと勢いよくほとばしらせた。

「ク……、ンン……」

喉の奥を直撃された綾子が、微かに眉をひそめて呻きながら、それでも可憐な眼差しを向け、吸引と摩擦を続行してくれたのだった。

「ああ、気持ちいい」

純二はクネクネと身悶えながら快感に喘ぎ、神聖なものを汚す禁断の悦びを得た。

やがて彼は心置きなく最後の一滴まで出し尽くすと、すっかり満足しながらグッタリと身を投げ出していった。

すると、綾子もようやく吸引と舌の蠢きを止め、亀頭を含んだまま口に溜まったザーメンを、コクンと一息に飲み干してくれたのである。

「あう」

彼女の喉が鳴ると同時にキュッと口腔が締まり、純二は駄目押しの快感に呻いて、ピクンと幹を震わせた。

綾子がチュパッと口を離し、なおも余りを絞るように指で幹をしごきながら、尿道口に脹らむ白濁の雫まで丁寧に舐め取ってくれたのだった。

10

「あうう……、も、もういい、どうもありがとう……」

純二は、射精直後のペニスをしゃぶられ、ヒクヒクと過敏に幹を震わせて降参した。

ようやく、綾子も舌を引っ込めてくれ、顔を上げてチロリと舌なめずりすると、再び添い寝してきた。

純二はまた甘えるように腕枕してもらい、綾子の温もりに包まれた。

そして彼女の吐き出す息を嗅ぎながら、うっとりと快感の余韻に浸り込んだ。

綾子の吐息にザーメンの生臭さは残っておらず、さっきと同じかぐわしく甘酸っぱい果実臭がしていた。

純二は、超アイドルに飲ませてしまった感激に、いつまでも動悸が治まらなかった。

「飲むの、嫌じゃなかった？」

「ええ、何だか清田さんの、幸運のパワーがもらえたような気がします」

言うと、綾子が可憐な声で答えた。

「うん、これから本当に運が向いてくるからね」

「ええ、私も楽しみにしてます」

綾子が言い、やがて呼吸を整えると起き上がり、二人でもう一度湯に浸かって、身体を拭いて身繕いをした。

「じゃ、また連絡するので、身体に気をつけて頑張ってね」

外に出ると、純二は言って綾子と別れ、自分は社に戻ったのだった。

「お疲れ様。ちょっと上へ来て」

企画部のオフィスに戻ると佐知子が言い、純二は一緒に最上階の社長室に行った。

「どうだったの？　CM撮影は」

「ええ、綾子ちゃんは良い子で、順調に終わりました」

純二が答えると、いきなり佐知子がカーペットに膝を突き、彼の股間のファスナーを下ろしたのだった。

「あう……」

ペニスを引っ張り出されて呻くと、彼女が鼻を押し当ててきた。

「湯上がりの匂いだわ。したのね？」

女の勘か、佐知子が股間から艶めかしく睨み上げて言った。

「い、いえ……」

「正直に答えなさい」

純二が曖昧に答えようとすると、佐知子が言って亀頭に歯を立ててきたのだ。

「い、言います、しました……」

「どういうふうに？」

「上と下に一回ずつ……」

「まあ、若いタレントに中出ししたの？」

「ちゃ、ちゃんとサックを付けましたので……」

「そう、じゃナマの中出しが出来なくて物足りなかったでしょう」

佐知子は言うなり立ち上がり、彼の手を引いて奥にあるベッドルームに入っていった。

どうやら佐知子は、嫉妬混じりの高まりで、相当に淫気を湧かせているようだった。

しかしまだ就業時間中なので忙しいらしく、全裸にはならずスカートをめくり、下半身だけ露わにしていった。

「あなたも脱いで。下だけでいいわ」

言われて、純二も手早くズボンと下着を脱ぎ去り、ベッドに仰向けになっていった。

11

「二回もしたのに、こんなに勃って、イヤらしい」

佐知子が詰るように言い、純二の股間に顔を寄せてきた。

そして張り詰めた亀頭にしゃぶり付きながら、ためらいなく彼の顔に跨がってきたのである。

女上位のシックスナインの体勢で、純二も下から彼女の腰を抱き寄せ、柔らかな茂みに鼻を擦りつけて濃厚に蒸れた匂いを貪った。

はみ出した陰唇はジワジワと濡れはじめ、彼は舌を挿し入れて膣口を掻き回し、ツンと突き立ったクリトリスにも吸い付いた。

「ンンッ……！」

ペニスを含みながら佐知子が刺激に呻き、反射的にチュッと強く吸い付いてきた。

純二も幹をヒクヒク震わせ、快感に割れ目を味わう集中力が削がれたが懸命に舌を蠢かせた。

たちまち泉のようにトロトロと新鮮な愛液が溢れ、彼はヌメリをすすりながらクリトリスを舐め回した。

さらに伸び上がるようにして、白い尻の谷間に鼻を埋め、やはり蕾に籠もった蒸れた匂いを貪ってから、舌を這わせてヌルッと潜り込ませた。

「ク……」

刺激に佐知子が呻き、キュッと肛門で彼の舌を締め付けてきた。

そして彼女も負けずに亀頭に吸い付いて舌をからめ、熱い鼻息で陰嚢をくすぐった。

純二は蕾から舌を引き離し、再びクリトリスに吸い付いた。

互いの最も感じる部分を貪り合い、二人はクネクネと身悶えて高まっていった。

「アア、もうダメ……」

佐知子がスポンと口を離して言い、身を起こして向き直ってきた。

そしてペニスに跨がり、女上位でヌルヌルッと滑らかに膣口に受け入れていった。

「あう、いい。奥まで届くわ……」

完全に座り込んだ佐知子が、顔を仰け反らせてうっとりと言い、密着した股間をグリグリと擦り付けてきた。

純二も温もりと感触を味わい、綾子を相手に二回も射精したのに、急激に絶頂を迫らせた。

やがて佐知子が脚をM字にし、彼の顔の左右に両手を突いて覆いかぶさってきた。

正にスパイダー騎乗位で、彼は巨大な美しい牝蜘蛛に犯されているような気がした。

佐知子が上からピッタリと唇を重ね、ヌルッと舌を潜り込ませながら、徐々に腰を上下させはじめた。

何とも心地よい摩擦快感に、純二もズンズンと股間を突き上げながらネットリと舌をからめ、美人上司の生温かな唾液をすすった。

大量の愛液が律動を滑らかにさせ、溢れた分が陰嚢を濡らして、生温かく彼の肛門にまで伝い流れてきた。

互いの動きがリズミカルに一致すると、ピチャクチャと卑猥な摩擦音が響いた。

「アア……、いい気持ち」

佐知子が口を離し、淫らに唾液の糸を引きながら喘いだ。

そして脚をM字にさせていられず、両膝を突いて再び動きはじめた。

12

「い、いきそう。もっと突いて……!」

たちまち佐知子が声を上ずらせ、股間を押しつけて言った。

純二も懸命に突き上げ、高まってきた。

しかし綾子に二回射精しているため、暴発する恐れはないので、強く突き上げ続けた。

すると先に佐知子が絶頂を迫らせたようだ。

下から彼女の喘ぐ口に鼻を押し付けて嗅ぐと、湿り気ある息は花粉のように甘い刺激を含み、悩ましく彼の鼻腔を掻き回してきた。

すると佐知子が、ヌラリと彼の鼻の頭を舐め、

「どっちがいい、私と若いアイドルと」

熱い息で囁いてきた。

「も、もちろん佐知子さんです」

純二が答えると、急に膣内の収縮が活発になってきた。

「アア……、いきそう。あなたが誰としようとも、好き……」

佐知子が熱っぽく囁くなり、途端にガクガクと狂おしい痙攣を開始したのだった。

「き、気持ちいいわ、アアーッ……！」

声を上ずらせ、激しいオルガスムスの波に悶え続けた。

とうとう純二も快感に昇り詰め、

「く……！」

突き上がる絶頂の波に呻きながら、ドクンドクンとありったけの熱いザーメンを勢いよく柔肉の奥にほとばしらせてしまった。

「あう、熱いわ、もっと」

噴出を感じた佐知子は駄目押しの快感を得て口走り、中のザーメンを飲み込むかのようにキュッキュッときつく締め上げてきた。

まるで歯のない口に含まれ、舌鼓でも打たれているような快感だ。

純二は身悶えながら絶頂を味わい、最後の一滴まで出し尽くし、過ぎゆく快感を惜しみつつ下降線をたどりはじめた。

やがて、すっかり満足しながら突き上げを止めると、

「アア……」

佐知子も熟れ肌の強ばりを解いて声を洩らし、グッタリと突っ伏して体重を預けてきた。

純二は美人上司の重みと温もりを受け止めながら、まだ名残惜しげに収縮を繰り返す膣内で、ヒクヒクと過敏に幹を跳ね上げた。

「も、もう堪忍、暴れないで……」

佐知子もすっかり敏感になって呻き、ペニスの震えを押さえるようにキュッときつく締め付けてきた。

純二は、彼女の熱く湿り気ある吐息を間近に嗅ぎ、花粉臭で悩ましく鼻腔を刺激されながら、うっとりと快感の余韻を噛み締めた。

何度射精しようとも、やはり相手さえ変われば男は何度でも出来るものであった。

やがて呼吸を整えると佐知子は身を起こしてティッシュを取り、めくれたスカートを汚さないよう割れ目に当てながら股間を引き離した。

そしてシャワーを浴びる時間もないようなので念入りに割れ目を拭い、ベッドを降りて身繕いをした。純二も自分でペニスを拭くと服を整え、やがて一緒にオフィスへと戻ったのだった。

第六章　二度目の人生

1

「わあ嬉しい……」

純二は、香苗の胸に縋り付いて言った。

互いに休日の昼間、彼女がアパートに来てくれたのだ。

すでに二人とも一糸まとわぬ姿になり、純二は甘えるように二十歳の香苗に腕枕してもらい、腋の下に鼻を埋め込んだ。

そこはジットリ湿り、甘ったるい汗の匂いが濃厚に籠もっていた。

純二が鼻腔を刺激されながら、スベスベの腋に舌を這わせると、

「あん、くすぐったい」

香苗がクネクネと身悶え、さらに濃厚な匂いを揺らめかせた。

今日は午前中ずっと店の掃除や買い物をして動き回り、かなり汗ばんでいるようだ。

純二は充分に胸を満たしてから、彼女を仰向けにさせてのしかかり、薄桃色の乳首にチュッと吸い付いて舌で転がした。

「アァッ……」

香苗がビクッと激しく反応して喘ぎ、彼は念入りに愛撫してから、もう片方の乳首も含んで舐め回した。

彼女は少しもじっとしていられずにクネクネと身悶え、純二はさらに滑らかな肌を舐め降りていった。

愛らしい縦長の臍を探り、張り詰めた下腹に顔を押し付けて心地よい弾力を味わい、さらに腰からムッチリとした太腿、脚を舌でたどった。

足首まで下りて足裏に回り込み、踵から土踏まずを舐めても、香苗はされるままじっと身を投げ出してくれていた。

縮こまった指の間に鼻を割り込ませて嗅ぐと、そこはジットリと汗と脂に湿り、ムレムレの匂いが可愛らしく沁み付いていた。

彼は匂いを貪り、爪先にしゃぶり付いて順々に指の股を味わった。

「あう、ダメ……」

香苗がか細く言い、彼の口の中で、唾液に濡れた指を縮めて舌を挟み付けてきた。

純二は両足とも味と匂いが薄れるほど貪り尽くすと、彼女の股を開かせて、脚の内側を舐め上げていった。

張りのある滑らかな内腿をたどり、熱気と湿り気の籠もる股間に迫ると割れ目からはみ出した花びらはヌラヌラとした清らかな蜜に潤っていた。

柔らかな若草に鼻を擦りつけると、生ぬるく蒸れた汗の匂いが悩ましく鼻腔を刺激してきた。

舌を挿し入れ、淡い酸味のヌメリを味わい、処女を失い快感を覚えはじめた膣口をクチュクチュ掻き回し、ゆっくりと小粒のクリトリスまで舐め上げていった。

「アアッ……、い、いい気持ち……」

香苗が内腿でキュッと彼の両頰を挟み付けながら、羞恥を越えて正直な感想を洩らした。

純二はチロチロと舌先で弾くようにクリトリスを舐め、味と匂いを堪能してから、さらに彼女の両脚を浮かせ、大きな水蜜桃のような尻に迫っていった。

谷間で、ひっそり閉じられたピンクの蕾に鼻を埋め込み、顔中で弾力ある双丘を味わいながら、蒸れた微香を嗅いだ。

さらに彼は蕾に舌を這わせてヌルッと潜り込ませ、滑らかな粘膜を執拗に探った。

2

「あう、ダメ……！」

香苗が呻き、キュッときつく肛門で純二の舌先を締め付けてきた。

彼が内部で舌を蠢かすと、鼻先にある割れ目が息づき、新たな蜜がトロトロと湧き出してきた。

純二は執拗に味わってから、ようやく脚を下ろして舌を引き離し、再び割れ目に戻って大量の愛液をすすり、クリトリスに吸い付いていった。

「アア、いきそう……」

香苗が顔を仰け反らせて嫌々をすると、とうとう身を起こして彼の顔を股間から追い出しにかかった。

早々と果てるのが惜しく、やはり一つになりたいのだろう。

純二も素直に這い出して仰向けになると、すぐにも香苗が彼の股間に顔を寄せてきた。

「すごい、こんなに勃って硬いわ……」

香苗が、そろそろと幹を撫で回して言った。

「それは、香苗ちゃんのことがこの世で一番好きだからね」

「本当?」

香苗は嬉しげに答えると、舌を伸ばして肉棒の裏側を舐め上げてきた。

「ああ……」

今度は純二が受け身になって喘ぎ、滑らかな舌に身を委ねた。

先端まで来ると、彼女はヒクヒク震える幹に指を添え、粘液の滲む尿道口をペロペロと愛しげに舐め回してくれた。

そして張り詰めた亀頭をしゃぶり、丸く開いた口でスッポリと喉の奥まで呑み込んでいった。

幹を口で丸く締め付けて吸い、熱い鼻息で恥毛をそよがせると、口の中ではクチュクチュと舌がからみついてきた。

「アア、気持ちいい……」

純二は、清らかな唾液に生温かくまみれた幹を震わせ、快感に喘ぎながらズンズンと股間を突き上げた。

「ンン……」

喉の奥を突かれた香苗が小さく呻き、新たな唾液をたっぷり溢れさせてペニスを浸した。

そして彼女も顔を小刻みに上下させ、スポスポと強烈な摩擦を繰り返してくれた。

「い、いきそう……」

純二も急激に高まって言い、彼女の手を握って引っ張った。

香苗もチュパッと軽やかな音を立てて口を離すと顔を上げ、前進して彼の股間に跨がった。

そして自分から、自らの唾液に濡れた先端に割れ目を押し当てて位置を定めると、ゆっくり腰を沈み込ませてきた。

張り詰めた亀頭が潜り込むと、あとは潤いと重みでヌルヌルッと滑らかに根元まで呑み込まれ、互いの股間がピッタリと密着した。

「アアッ……！」

香苗はぺたりと座り込み、顔を仰け反らせて喘いだ。

純二も、熱いほどの温もりと肉襞の摩擦、大量のヌメリときつい締め付けに包まれながら快感を噛み締めた。

動かなくても、息づくような収縮が彼を高まらせた。

両手を伸ばして抱き寄せると、香苗もゆっくり身を重ね、彼の胸に可愛らしいオッパイを密着させてきた。

純二は僅かに両膝を立てて尻を支え、徐々に股間を突き上げはじめた。

3

「ああン、いい気持ち」

純二が次第にリズミカルに動きはじめると、香苗が熱く喘いで腰を合わせてきた。

大量の蜜が律動を滑らかにさせ、クチュクチュと淫らに湿った摩擦音が聞こえ、溢れた分が陰嚢の脇を伝って彼の肛門の方にまで生温かく流れてきた。

彼は下から彼女の白い首筋を舐め上げ、ピッタリと唇を重ねていった。

舌を挿し入れて唇の内側の湿り気を味わい、滑らかな歯並びを左右にたどると、彼女も歯を開いてネットリと舌をからみつけてきた。

純二も執拗に舐め回し、生温かな唾液に濡れて滑らかに蠢く舌を味わった。

「ンン……!」

突き上げを強めると、香苗は熱く呻き、チュッと強く彼の舌に吸い付いてきた。

そして膣内の収縮を活発にさせると、

「アア、いきそう……」

まだ経験も浅いのに、さすがは母親である蘭子の血を引いているのか、すぐにも彼女は口を離し、声を上ずらせた。

香苗の吐き出す息は熱く湿り気を含み、まるでイチゴかリンゴでも食べた直後のように甘酸っぱく可愛らしい匂いがして、悩ましく純二の鼻腔を刺激してきた。

純二も、彼女の吐息の果実臭と肉襞の摩擦で急激に絶頂を迫らせ、そのまま激しく昇り詰めてしまった。

「く……！」

突き上がる大きな絶頂の快感に短く呻き、彼は熱い大量のザーメンをドクンドクンと勢いよくほとばしらせ、柔肉の奥深い部分を直撃した。

「あ、熱いわ、気持ちいい、アアーッ……！」

噴出を感じた途端、たちまち香苗もオルガスムスのスイッチが入ったように声を上ずらせ、ガクガクと狂おしい痙攣を開始した。

艶めかしい収縮と締め付けの中、純二は心ゆくまで快感を嚙み締め、最後の一滴まで出し尽くしていった。

すっかり満足しながら、徐々に突き上げを弱めていくと、

「アア……」

香苗も声を洩らし、肌の強ばりを解いて力を抜くと、グッタリともたれかかってきた。

純二は重みと温もりを感じ、まだ息づく膣内に刺激され、射精直後で過敏になったペニスをヒクヒクと中で跳ね上げた。

「あう、まだ動いてる」

香苗も敏感になっているように呻き、幹の震えを押さえるようにキュッときつ

く締め上げた。

彼は、香苗の甘酸っぱい吐息を間近に嗅ぎながら、うっとりと快感の余韻を味わった。

やがて荒い息遣いを整えると、香苗はそろそろと股間を引き離して起き上がり、ティッシュを手にして自分の割れ目を拭いた。

そして彼の股間に屈み込み、愛液とザーメンにまみれ、淫らに湯気さえ立てている亀頭にしゃぶり付いたのだ。

「あう、いいよ、もう、ありがとう……」

チロチロと丁寧に先端を舐められながら、純二はクネクネと腰をよじらせ、降参するように言ったのだった。

4

「香苗とは上手くいっているの?」

同じ日の夕刻、今度は蘭子が純二のアパートに来て言った。

「ええ、何とか……」

純二は曖昧に答えながら、早くも美熟女を前に激しく股間を熱くさせてしまった。

香苗も可憐そうに見えるが、やはり母親の前では何事もないふうを装っているのだろう。蘭子でさえ気づかないのだから、女というものは思っている以上に強かなのかも知れない。

そして蘭子も、深く追究することなく、自分から服を脱ぎはじめた。やはり訪ねて来た以上、欲求の解消が第一の目的なのである。

純二も手早く脱ぎ、つい数時間前に香苗とセックスした布団に仰向けになり、その母親を迎えた。

蘭子も最後の一枚を脱ぎ去ると、白く豊満な熟れ肌を露わにした。

「ここに立って」

純二は言い、顔の横に蘭子を立たせた。

「どうするの……」

下から全裸を見上げられ、蘭子が羞恥に声を震わせて訊いた。

「顔に乗せて」

彼は言いながら蘭子の足首を持ち、顔に引き寄せた。

「アア……、いいのかしら、こんなこと……」

蘭子は壁に手を突いて身体を支え、そっと足裏を彼の顔に乗せた。

純二は足裏の感触を味わって舌を這わせ、指の股にも鼻を割り込ませ、汗と脂に湿って蒸れた匂いを貪った。

そして爪先にしゃぶり付き、順々に指の間に舌を挿し入れて味わった。

「あう、汚いのに……」

蘭子は呻き、ガクガクと脚を震わせた。

割れ目を見上げると、すでに割れ目は大量の愛液にネットリと潤い、今にもトロリと溢れそうになっていた。

彼は足を交代させ、そちらも悩ましい味と匂いを貪り尽くすと、彼女の足首を摑んで顔の左右に置いて跨がせた。

「しゃがんで」

言うと蘭子も、和式トイレスタイルでゆっくりしゃがみ込んできた。

「ああ、恥ずかしい……」

喘ぎながら彼の鼻先に割れ目を迫らせると、M字になった脚がムッチリと張り詰めて量感を増した。純二も顔中に熱気を受け、豊満な腰を抱き寄せて柔らかな茂みに鼻を埋めた。

隅々に籠もる汗とオシッコの匂いが悩ましく鼻腔を刺激し、彼はうっとりと胸を満たしながら舌を挿し入れていった。

淡い酸味のヌメリを掻き回し、かつて香苗が産まれ出てきた膣口を探り、ゆっくりと真珠色のクリトリスまで舐め上げていった。

「アアッ……！」

蘭子が熱く喘ぎ、思わず力が抜けてギュッと座り込みそうになるのを、彼の顔の左右で懸命に両足を踏ん張って堪えた。

純二はクリトリスに吸い付き、溢れる愛液を舌に受けて喉を潤した。自分が仰向けだから割れ目に唾液が溜まらず、純粋に溢れてくるヌメリだけを味わうことが出来た。

さらに白く豊満な尻の真下に潜り込み、顔中にひんやりした双丘を受け止めながら、谷間に鼻を埋め込んでいった。

5

「あう、ダメよ……」

純二が真下から、顔に跨がる蘭子の尻を舐め、ヌルッと舌を潜り込ませると彼女が呻いて肛門を締め付けてきた。

彼は内部で舌を蠢かせ、滑らかな粘膜を味わい、再び愛液が大洪水になっている割れ目に戻ってクリトリスに吸い付いていった。

「も、もういいわ、今度は私が……」

絶頂を迫らせた蘭子が言い、ビクッと股間を引き離すと、ピンピンに屹立したペニスに顔を移動させていった。

二人には言えないことだが、実に母娘は行動パターンが良く似ていた。

しかし彼が大股開きになって蘭子が真ん中に腹這うと、香苗とは違うことをしてきた。

まず純二の両脚を浮かせると、彼女は尻の谷間を舐めてくれ、自分がされたようにヌルッと舌を潜り込ませてきたのである。

「あう……」

彼は妖しい快感に呻き、美熟女の舌先をキュッと肛門で締め付けた。

蘭子も熱い鼻息で陰嚢をくすぐりながら、内部で舌を蠢かせてくれた。

内側から刺激されたように、勃起したペニスがヒクヒクと上下して先端から粘液が滲んだ。

ようやく彼女が舌を離して脚を下ろすと、すぐに陰嚢にしゃぶり付き、二つの睾丸を転がし、袋全体を生温かな唾液にまみれさせた。

そして身を乗り出し、いよいよ肉棒の裏側をゆっくり舐め上げてきた。

先端に達すると幹に指を添え、粘液に濡れた尿道口を舐め回し、そのままスッポリと喉の奥まで呑み込んでいった。

「ああ、気持ちいい……」

純二は快感に喘ぎ、生温かな唾液にまみれたペニスを彼女の口の中でヒクヒクと震わせた。

何やら、同じ日に娘と母親に同じことをされているので、あまりの快感で彼はどちらに愛撫されているのか分からなくなるほどだった。

股間を見ると、二十歳の香苗に良く似た美女、三十九歳の蘭子が夢中でおしゃぶりしていた。

「ンン……」

彼女は熱く鼻を鳴らし、ネットリと舌をからめながら、上気した頬をすぼめて吸った。

さらに顔を上下させ、濡れた口でスポスポと強烈な摩擦を繰り返したのだ。

「い、いきそう……」

絶頂を迫らせた純二が警告を発すると、蘭子は香苗のようにすぐスポンと口を引き離した。

「入れて……」

蘭子が言い、添い寝してきたので、純二は入れ替わりに身を起こした。

そして香苗とは違い正常位で先端を押し当て、感触を味わいながらゆっくり挿入していった。

「アアッ……！」

ヌルヌルッと根元まで押し込むと、蘭子が顔を仰け反らせて喘いだ。

股間を密着させると、彼は脚を伸ばして身を重ねていった。

そう、小柄な香苗は女上位が良く、柔らかで豊満な蘭子には身を預けるのが心地よいのである。

彼はまだ動かず、収縮する感触と温もりを味わいながら屈み込み、巨乳に顔を埋め込んで乳首に吸い付き、チロチロと舌で転がした。

6

「あう、いい気持ち……」

深々と挿入されて乳首を吸われた蘭子が、クネクネと熟れ肌を悶えさせて呻いた。

純二も左右の乳首を味わい、腋の下にも鼻を埋め込み、色っぽい腋毛に籠もる、濃厚に甘ったるい汗の匂いを嗅いで高まった。

「つ、突いて、強く何度も奥まで……」

すると待ちきれないように、蘭子が下からしがみつきながら言い、ズンズンと股間を突き上げてきた。

純二も合わせて腰を突き動かしはじめ、滑らかな摩擦を味わいながら、上からピッタリと唇を重ねていった。

胸の下で巨乳が押し潰れて心地よく弾み、彼女が股間を突き上げるたび恥毛が擦れ合い、コリコリする恥骨の膨らみまで伝わってきた。

上から唇を重ねると、湿り気ある息が弾み、ネットリと舌がからみついてきた。

純二は生温かな唾液をすすって舌を舐め回し、徐々にピストン運動を強めていった。

「アア、いきそう……」

蘭子が口を離し、淫らに唾液の糸を引いて喘いだ。口からは白粉に似た甘い刺激の息が洩れ、嗅ぐたびに胸が甘美な刺激に満たされた。

膣内の収縮が活発になり、動きに合わせてピチャクチャと淫らな摩擦音が響いた。

「い、いっちゃう、アアーッ……！」

とうとう蘭子が声を上げ、彼を乗せたままガクガクと狂おしく腰を跳ね上げ、激しくオルガスムスに達してしまった。

その収縮に巻き込まれるように、続いて純二も昇り詰め、

「く……！」

快感に呻きながら、ありったけの熱いザーメンをドクンドクンと注入したの

だった。

「あう、熱いわ、もっと」

噴出を感じ、駄目押しの快感を得た蘭子がキュッと締め付けながら呻き、彼も快感を噛み締めながら心置きなく最後の一滴まで出し尽くしていった。

すっかり満足しながら徐々に動きを弱めてゆき、彼は力を抜いてグッタリと熟れ肌に体重を預けていった。

「ああ……、すごい……」

すると蘭子も全身の硬直を解き、満足げに声を洩らして四肢を投げ出していった。

まだ膣内は名残惜しげな収縮が繰り返され、刺激されるたびヒクヒクと幹が過敏に震えた。

そして彼はもたれかかり、蘭子の喘ぐ口に鼻を押し付け、湿り気ある白粉臭の吐息を胸いっぱいに嗅ぎながら、うっとりと快感の余韻に浸り込んでいった。

互いに重なり合いながら、荒い息遣いを繰り返していたが、

「あなたと香苗が結婚するって可能性は、あるのかしら……」

ふと蘭子が、呼吸を整えながら呟くように言ったのだった。

「香苗ちゃんさえ良ければ、僕に異存はないです」

純二も、正直な気持ちを答えた。

「そう、良かった。でも私とも、たまにでいいからしてね……」

蘭子が言い、さらに締め付けてきたのだった。

7

「みんな、大ニュースよ」

月曜の朝、部長の佐知子がオフィスに来て言った。純二も、何事だろうと佐知子を見ると、彼女は手紙を出し、壁にマグネットで貼ったのだ。

「静岡の新工場へ行ったばかりの根津課長が、いきなり婚約ですって」

彼女が言うと、一同はエーッと驚きの声を上げて壁に殺到した。

純二も行って見ると、婚約した経緯の文面と、ツーショットの写真が貼られていた。

宛名は企画部御中となっていたので、佐知子も公開して構わないと判断したのだろう。

（根津課長も静岡へ行って良かったんだな。え？）

写真を見て、純二は目を丸くした。

満面の笑みの根津と並んで写っているのは、紛れもなく、一度目の人生で純一の妻になった女ではないか。

（そうか、課長は彼女と一緒に……）

純二は複雑な思いだった。もちろん嫌ではない。これで、この時代では、純一が彼女と結婚する可能性は限りなくゼロに近くなったのだ。

これでニートでヒッキーのバカ息子も、この世に生まれないのである。

まあ幼い頃は可愛かったから、少し可哀想な気もするが、全ては時の女神の悪戯である。

とにかく、皆はひとしきり根津の噂で盛り上がっていた。

そんな中、純二は一本の電話を受けた。

「あ、清田さんですか。私です、安藤綾子」

相手は、アイドルの綾子であった。

「やあ、お久しぶり。ＣＭは大好評だよ」

「はい。清田さんの言った通り、二枚目のレコードと写真集のお話が来ました。

それから映画ヒロインの話も」

綾子は歓びにかなり興奮していた。

「それで、間もなく忙しくなるので、出来れば今日お会いできないかと思いまして」

「うん、分かった」

純二も答え、早くも股間を熱くさせはじめてしまった。

電話を切り、佐知子に言うと、彼女もすぐ外出の許可をくれた。やはり綾子のテレビCMが評判になり、我がコーダの株も上がっているので、綾子には感謝しているのだろう。

社を出た純二は、駅前の待ち合わせ場所へと行った。するとすぐに、

「清田さん」

綾子が声をかけ、見るとキャップをかぶってサングラスをかけ、地味な服装をしていた。

すでにCMで顔が売れているから、綾子も変装しているのだ。

「じゃ、多くの人に見られる場所でなく、密室に行こうか」

純二が言うと、綾子も笑みを浮かべて頷いた。

すぐに二人は、まだ午前中だというのに、駅裏のラブホテルに入ったのだった。

キャップとサングラスを取ると、テレビで見る可憐な顔が現れた。

純二は激しく勃起し、話はあとと言うことにして脱ぎはじめた。

綾子も、彼の淫気が伝わったように、すぐにも全て脱ぎ去り、まだファンの誰も見たことのない裸身を晒したのだった。

8

「何もかも、清田さんのおかげです」

「ううん、綾子ちゃんの実力だよ」

一糸まとわぬ姿になった綾子が、言いながらベッドに横たわると、純二も答えて彼女に迫った。

まず彼は、仰向けになった綾子の足裏に顔を押し付けていった。

「あん、そんなところから……？」

綾子がビクッと反応して言ったが、彼を幸運の神様のように思っているのか、されるままじっと身を投げ出していた。

彼は超アイドルの踵から土踏まずを舐め回し、縮こまった指の間にも鼻を押し付けて嗅いだ。

今日も早朝から仕事だったらしく、そこは生ぬるい汗と脂に湿り、ムレムレの匂いが濃く沁み付いて、悩ましく純二の鼻腔を刺激してきた。

彼は充分に嗅いでから爪先にしゃぶり付き、順々に指の股に舌を割り込ませて味わった。

「あう、くすぐったい」

綾子がヒクヒクと脚を震わせ、唾液に濡れた指先で彼の舌を挟み付けてきた。

純二は両足とも、味と匂いが薄れるほどしゃぶり尽くすと、彼女の股を開かせ、脚の内側を舐め上げていった。

白くムッチリとした内腿も、やがて水着写真集で多くのファンの目に晒されるが、さらに奥を見られるのは今のところ純二だけである。

彼は内腿を舐め、熱気と湿り気の籠もる股間に迫った。

ぷっくりした丘には楚々とした若草が煙り、割れ目からはみ出した花びらを指で広げると、快感を覚えはじめたばかりの膣口が、花弁状の襞を入り組ませ、ヌメヌメと潤って息づいていた。

ポツンとした尿道口もはっきり確認でき、包皮の下からは真珠色の光沢を放つクリトリスが、愛撫を待つようにツンと突き立っていた。

「アア……」

綾子は、彼の熱い視線と息を感じただけで喘ぎ、白い下腹をヒクヒクと波打たせた。

もう彼も堪らず、ギュッと顔を埋め込んで、柔らかな恥毛に鼻を擦りつけた。隅々には、生ぬるく蒸れた汗とオシッコの匂いが可愛らしく籠もり、彼は貪りながら舌を挿し入れていった。

陰唇の内側を探ると、そこは淡い酸味のヌメリが満ち、たちまち舌の動きが滑らかになった。

膣口の襞をクチュクチュ掻き回し、味わいながらゆっくり柔肉をたどり、クリトリスまで舐め上げていくと、

「アアッ、いい気持ち」

綾子がビクッと顔を仰け反らせて喘ぎ、内腿でキュッときつく彼の両頬を挟み付けてきた。

純二は執拗にチロチロとクリトリスを舐め回しては、新たに溢れる生ぬるい蜜

をすった。

味と匂いを堪能すると、さらに綾子の両脚を浮かせ、大きな水蜜桃のような尻にも顔を埋め込んだ。

薄桃色の可憐な蕾に籠もる、秘めやかに蒸れた微香を貪ってから、舌を這わせて息づく襞を濡らし、ヌルッと潜り込ませていった。

そして執拗に、滑らかな粘膜を探った。

9

「あう、ダメ……」

綾子が浮かせた脚をガクガクと震わせて呻き、可憐な肛門でキュッときつく純二の舌先を締め付けてきた。

彼は舌を蠢かせて粘膜を味わい、ようやく脚を下ろしてから再び割れ目に戻り、大洪水になっている蜜をすってクリトリスに吸い付いた。

「アアッ、いきそう……」

綾子が絶頂を迫らせて言い、身を起こして彼の顔を股間から追い出しにかかった。

やはり舌で果てるよりも、快感を覚えたばかりだから一つになりたいのだろう。純二も股間から這い出して添い寝し、綾子の乳首にチュッと吸い付いて舌で転がした。

コリコリと硬くなった乳首を舐め回すたび、ビクッと彼女が反応し、甘ったるい汗の匂いが生ぬるく揺らめいた。

左右の乳首を交互に含んで舐め、顔中で張りのある膨らみを味わい、さらに腕を差し上げて腋の下にも鼻を擦りつけた。

蒸れて湿った腋には、何とも甘ったるいミルクのような汗の匂いが濃厚に籠もり、純二はうっとりと酔いしれながら、彼女の手を握ってペニスに導いた。

すると綾子も、すぐにやんわりと手のひらに包み込み、ニギニギと愛撫してくれた。

「ああ、気持ちいい……」

純二は喘ぎ、仰向けになって彼女の顔を股間へと押しやった。

すると綾子も素直に移動し、大股開きになった彼の股間に腹這い、可愛い顔を迫らせてきた。

するとと彼女はまず、陰嚢にしゃぶり付いてきたのだ。

「あう……」

ここも実に妖しい快感で、純二は呻きながら勃起したペニスをヒクヒク上下させた。

綾子は二つの睾丸を舌で転がし、袋全体を生温かく清らかな唾液にまみれさせると、身を乗り出して肉棒の裏側を舐め上げてきた。

滑らかな舌がゆっくり裏筋をたどり、先端まで来ると、彼女は震える幹にそっと指を添えて支え、粘液の滲む尿道口をチロチロと念入りに舐め回してくれた。

そして張り詰めた亀頭を含むと、そのままスッポリと喉の奥まで呑み込んできた。

「アア……」

純二は、アイドルの神聖な口腔に深々と含まれて喘いだ。

綾子も、幹を丸く締め付けて吸い、熱い鼻息で恥毛をそよがせながら、口の中ではクチュクチュと舌をからめてくれた。

たちまちペニス全体は生温かな唾液にまみれ、すっかり高まってヒクヒクと震えた。

快感に任せ、ズンズンと小刻みに股間を突き上げると、

「ンン……」

綾子は小さく呻き、合わせて顔を上下させ、濡れた口でスポスポと強烈な摩擦を繰り返してくれたのだった。

「い、いきそう……」

純二が絶頂を迫らせて言うと、すぐに綾子もチュパッと軽やかに口を引き離してくれた。

そして顔を上げ、

「入れたいわ……」

チロリと舌なめずりし、熱い眼差しで言った。

10

「ナマで大丈夫ですから、いっぱい中に出して下さいね」

純二が枕元のコンドームに手を伸ばすと、綾子が言った。

「え、大丈夫なのかな」

純二は言ったが、綾子は基礎体温法とオギノ式を正確に計算しているようだった。

それにこの先四十年、安藤綾子が妊娠したという話も聞かなかったので彼も言葉に甘えることにした。

「じゃ、跨いで上から入れてね」

言うと、綾子は前進し、仰向けの彼の股間に跨がってきた。

自らの唾液に濡れた先端に割れ目を押し付け、位置を定めてゆっくり腰を沈み込ませると、たちまち彼自身はヌルヌルッと滑らかに根元まで呑み込まれていった。

「アアッ……！」

綾子は完全に座り込み、ピッタリと股間を密着させると、ビクッと顔を仰け反らせて喘いだ。

純二も、肉襞の摩擦と潤い、熱いほどの温もりときつい締め付けに包まれながら、やっぱりナマは良いものだと、うっとりと快感を噛み締めた。

純二が両手を伸ばして抱き寄せると、綾子もゆっくり身を重ね、彼の胸に柔らかな乳房を押し付けてきた。

彼は僅かに両膝を立てて弾力ある尻を支え、両手でしがみついた。

そして下から唇を重ね、舌を挿し入れて滑らかな歯並びを舐めると、

「ンン……」

彼女も熱く呻きながらチロチロと舌をからめてきた。

生温かな唾液に濡れた滑らかな舌を味わいながら、彼がズンズンと小刻みに股間を突き上げはじめると、

「アア、すごい……」

綾子が口を離して熱く喘いだ。

可憐な口から吐き出される息は熱く湿り気があり、何とも甘酸っぱく可愛らしい匂いが含まれ、悩ましく彼の鼻腔を刺激してきた。

「唾を垂らして」

言うと彼女も懸命に唾液を分泌させて口に溜め、可憐な唇をすぼめて迫った。

そして白っぽく小泡の多いシロップを、クチュッと吐き出してくれた。

舌に受けた純二はうっとりと味わい、喉を潤して酔いしれながら股間の突き上げを続けた。

いったん動くと、あまりの快感に腰が止まらなくなり、彼女も合わせて腰を遣

いはじめた。

溢れる愛液が動きを滑らかにさせ、ピチャクチャと淫らに湿った摩擦音が聞こえてきた。ヌメリは彼の陰嚢の脇を伝い流れ、肛門の方まで生温かく濡らした。

やはりナマ挿入は、感触と温もりが直に感じられて最高だった。

さらに彼は綾子の顔を引き寄せ、唾液に濡れた唇に鼻を擦りつけた。そして濃厚な果実臭で鼻腔を満たしながら、突き上げを強めていった。

ジワジワと激しい絶頂が迫り、たちまち純二は、もう我慢できずにとうとう昇り詰め、

「い、いく……！」

突き上がる大きな絶頂の快感に口走った。

同時に、ドクンドクンと熱い大量のザーメンを勢いよくほとばしらせてしまったのだった。

11

「あ、熱いわ、いく……」

奥深い部分に噴出を感じた途端、綾子も声を上ずらせ、ガクガクと狂おしいオルガスムスの痙攣を開始した。

膣内の収縮が強まり、純二は駄目押しの快感を得たように股間を突き上げ、心置きなく最後の一滴まで出し尽くしてしまった。

すっかり満足しながら徐々に突き上げを弱めていくと、

「アア……」

綾子も声を洩らし、肌の強ばりを解いて力を抜き、グッタリともたれかかってきた。

「あう……」

純二は温もりと重みを受け止め、まだ息づく膣内でヒクヒクと幹を震わせた。

綾子が呻き、やはり敏感になっているようにキュッときつく締め上げてきた。

彼は綾子の吐き出す甘酸っぱい息を胸いっぱいに嗅ぎながら、うっとりと快感の余韻を味わったのだった。

「中に出たとき、すごく感じたわ……」

「うん、幸運の気を込めて出したからね。これからも、するごとにもっと良くなるよ」

彼は答え、互いに重なったまま荒い息遣いを整えた。

やがて綾子がそろそろと股間を引き離し、ティッシュで割れ目を拭いながら彼の股間に顔を寄せてきた。

そして愛液とザーメンにまみれ、湯気さえ立てている亀頭にしゃぶり付いてきたのだ。

「あう、いいよ、そんなこと……」

純二は刺激に呻いたが綾子は熱心に舌をからめてヌメリを拭い取り、執拗に吸い付いてきた。

すると彼も無反応期を越え、彼女の口の中で温かな唾液にまみれながら、ムクムクと回復していったのだ。

綾子は勃起を嬉しがるように、さらにスポスポと顔を上下させ、強烈な摩擦を開始した。

「アア、気持ちいい……」

純二も、次第に淫気を甦らせて喘ぎ、ズンズンと股間を突き上げた。

考えてみれば、今後忙しくなる綾子とは滅多に会えないだろう。

それなら、ここでもう一回昇り詰めたかった。

彼女も、そのつもりで摩擦を強めていた。

純二は我慢するのを止め、可憐な顔でペニスを頰張っている彼女を見ながら快感を受け止めた。

これから多くのファンが、彼女とのこんな行為を妄想してオナニーするのだろう。そう思うと純二は、たちまち贅沢な快感に立て続けの絶頂を迎えてしまった。

「い、いく、アアッ！」

彼は身を反らせて喘ぎ、二度目とも思えない快感を味わい、まだ残っていたのかと思えるほど大量のザーメンをほとばしらせた。

「ク……、ンン……」

喉の奥に噴出を受けた綾子が小さく呻き、なおも熱い息を股間に籠もらせ、摩擦と吸引、舌の蠢きを続行してくれた。

純二は心ゆくまで快感を噛み締め、最後の一滴まで絞り尽くしてグッタリと力を抜いた。

ようやく彼女も愛撫を止め、口に溜まったザーメンを飲み込んでくれたのだった。

12

「あう、気持ちいい……」

綾子の喉がゴクリと鳴ると、キュッと口腔が締まって、純二は駄目押しの快感に呻いて幹を震わせた

するとようやく綾子もスポンと口を離した。

「清田さんの幸運のエキス、上から下から取り入れたわ」

顔を上げた綾子が言うと、なおも余りをしごくように指で幹を動かし、尿道口に脹らむ白濁の雫までペロペロと丁寧に舐め取ってくれた。

「あう……、も、もういいよ、どうもありがとう……」

純二は過敏に幹を震わせながら言い、降参するようにクネクネと腰をよじらせた。

彼女もすっかり綺麗にしてくれ、やっと舌を引っ込めた。

純二は呼吸を整えると身を起こし、一緒にバスルームへ行って身体を流した。

そして身繕いをしてラブホテルを出ると、綾子とは駅前で別れ、そのまま純二

は社に戻ったのだった。

「お疲れ様。安藤綾子の二弾目のＣＭも決まったわ。また交渉はお願い」

オフィスに入ると、部長の佐知子が彼を迎えて言った。

「分かりました」

純二は答え、そうなると、また綾子とも会う機会が持てそうで、彼は期待に胸が弾んだ。

「資料室に来て。今後、視聴者受けするＣＭの内容とか、未来の社のことも相談したいので」

すると佐知子が言い、純二は一緒にオフィスを出ると、上階の資料室に行った。

「綾子としたの？」

密室に入ると、すぐにも佐知子が純二に迫って囁いた。

「い、いえ……」

「じゃ見せて」

佐知子が言うなり床に膝を突き、純二の股間のファスナーを下ろすと、ペニスを引っ張り出したのだ。

「ああ……」

彼は机に腰を下ろして喘ぎ、急激にムクムクと勃起してしまった。

「すごい勃ってるわ。じゃ本当にしなかったのかしら」

佐知子は言い、情事の痕跡がないか鼻を寄せて嗅ぎ、さらに張りつめた亀頭にしゃぶり付いてきた。

純二も、綾子の上と下に一回ずつ射精してきたが、やはり相手さえ変われば淫気がリセットされるものだ。

しかも六十四歳の脂ぎった淫気を、二十四歳の肉体で受け止めているのだから、精力は旺盛で回復も早いのである。

「ンン……」

佐知子も、すっかり詮索を止めると熱く鼻を鳴らし、スッポリと根元まで呑み込んで吸い付いてきた。

そして熱い息を彼の股間に籠もらせ、ネットリと舌をからめながら、佐知子も裾をめくり、下着ごとパンストをずり下ろしはじめたのである。

やがて充分にペニスを唾液に濡らすと、彼女はスポンと口を離して身を起こし、下半身を露わにしながら机に座り、脚をM字に開いた。

「して……」

佐知子が言い、純二も椅子に座って彼女の股間に顔を埋め込んでいったのだった。

13

純二が茂みに鼻を埋め込み、割れ目に舌を這わせはじめると佐知子が熱く喘いだ。

「ああ、いい気持ち……」

柔らかな恥毛には生ぬるく蒸れた汗の匂いが沁み付き、割れ目内部は熱い愛液にネットリと濡れていた。

彼が執拗に舌を這わせてヌメリを舐め取ると、

「アア……」

佐知子は後ろに手を突き、喘ぎながら股間を突き出してきた。

さらに純二が佐知子の尻の谷間に鼻を潜り込ませると、とうとう彼女は机に仰向けになってしまった。

彼は佐知子の両脚を浮かせ、白く豊満な尻の谷間に鼻を埋め込み、顔中で双丘の弾力を味わいながら蕾に籠もる微香を貪った。そして舌を這わせて息づく襞を濡らし、ヌルッと潜り込ませて滑らかな粘膜を探ると、

「あう……！」

彼女が呻いて、キュッと肛門で舌先を締め付けてきた。

純二は執拗に舌を蠢かせ、やがて脚を下ろして再び割れ目に戻り、大洪水になっている愛液をすすり、クリトリスに吸い付いた。

「も、もうダメ……」

佐知子が声を上ずらせ、身を起こしてきた。

そして椅子に掛けている純二の股間に降り、先端を膣口に受け入れていったのだった。

純二も両手で抱えて支えると、たちまちペニスはヌルヌルッと滑らかに根元まで嵌まり込み、

「アアッ……！」

佐知子が完全に座り込み、股間を密着させて喘いだ。

純二も両手を回し、肉襞の摩擦と温もり、潤いと締め付けに包まれながら快感を噛み締めた。

佐知子は脚をM字にさせ、ズンズンと股間を上下させはじめた。

「ああ、すぐいきそう」

彼女が喘ぎ、純二も股間を突き上げながら高まっていった。

やはり社内だから気が急き、二人とも急激に絶頂を迫らせたようだ。

純二は目の前で喘ぐ佐知子の熱い吐息を嗅ぎ、甘い花粉臭で鼻腔を刺激されながら、すぐにも昇り詰めてしまった。

「い、いく……！」

大きな絶頂の快感に貫かれて口走り、ありったけの熱いザーメンをドクンドクンと勢いよく内部にほとばしらせると、

「アアッ……！」

奥深い部分に噴出を受けた佐知子も声を上げ、ガクガクと狂おしいオルガスムスの痙攣を開始したのだった。

純二は射精しながら唇を重ね、舌をからめて生温かな唾液をすすった。

そして心ゆくまで快感を味わい、最後の一滴まで出し尽くすと、

「アア、良かった……」

佐知子も唇を離すと、熟れ肌の強ばりを解いて声を洩らしながら、グッタリと

彼にもたれかかってきた。

しばし荒い息遣いを混じらせて抱き合い、純二はキュッキュッと息づく膣内の刺激に、ヒクヒクと過敏に幹を震わせた。

そして熱く甘い吐息を嗅ぎながら、うっとりと余韻を味わった。

ようやく呼吸を整えると、佐知子はティッシュを出しながら、そろそろと股間を引き離した。

14

(今夜は、蘭に寄ろう)

退社すると、純二は真っ直ぐ純喫茶『蘭』に向かった。

もう間もなく、喫茶からスナック『蘭子』に替える時期だろう。

(あれ……？)

しかし、近づくにつれ見慣れているはずの道に違和感を覚え、純二は目眩を起こしてしまった。

膝を突くと、何やら身体が重くて目がチカチカし、なかなか状況が把握できなかった。

「大丈夫？　どうしたの」

そこへ若い女性の声がして、純二は支え起こされた。

「ああ、香苗ちゃん」

「なに言ってるの、香苗というのは私のお婆ちゃんの名前よ」

「え……？」

良く似ているが、香苗ではないようだ。そういえば顎の左脇の小さなホクロも見当たらない。

すると彼女は純二を支えながら、ポケットから携帯電話を出して急いでかけた。

「ス、スマホ……、今は昭和何年？」

「もう平成も終わって令和元年のクリスマスイヴよ。ああママ、お爺ちゃんが変なの、すぐ来て」

彼女が言い、純二は周囲を見回した。そこは高級住宅街らしく、あちこちにイヴの電飾が飾られていた。

目がチカチカしていたのは、この灯りのせいだろう。

（お、お爺ちゃん？　令和元年のイヴ……？）

純二は、やけに良いコートと背広を着ている自分を顧みた。

「か、髪が薄い。腹も出てる……」

彼が驚いて言うと、そこへ蘭子そっくりな女性が駆けつけてきた。

どうやら近くに家があるようだ。

「ら、蘭子さん……」

「なに言ってるの。それは私のお婆さんの名前。とにかく帰りましょう。お父さん」

言われて、純二は左右から彼女たちに支えられながら歩いた。

純二は思い、やがて大豪邸の門を入った。表札には、確かに清田とある。

(も、元の世界に戻ったのか……)

すると、すぐに六十年配の女性が出てきた。

「あなた、大丈夫？　酔っているの？　それとも頭を打った？」

迎えたのは、確かに懐かしい四十年前のスナック『蘭子』のママの娘香苗ではないか。

とにかく彼は見知らぬ豪邸に上がり込み、コートを脱いでリビングのソファに座り込んだ。

するとさらに、奥から八十歳近い女性が出てきたが、これこそ香苗の母親の蘭子であった。

四世代の女性たちが心配そうに純二を囲み、六十歳になる香苗は水を持ってきてくれた。

彼は喉を潤し、胸ポケットにあった札入れを出してみた。

運転免許証を見ると、確かに住所はここ、純喫茶『蘭』のあった場所だ。

そして名刺を見ると、株式会社コーダ、代表取締役、清田純二とあったのだ。

(しゃ、社長……?)

混乱しながらも、純二は頭の中を整理した。

どうやら二度目の人生で彼は、未来の知識を生かして社に貢献し、大出世したようだった。

15

(そして香苗と結婚し、蘭のあった場所に家を建てて周囲の土地も買い、娘が出来て、さらに孫娘まで……)

純二は、ようやく把握してきた。

それにしても、四世代の女性四人と住んでいるのも楽しそうだ。

もっとも、いくら美女たちでも娘や孫に欲情するわけにはいかない。

娘婿は、コーダの重役として今はアメリカ支社に単身赴任中らしい。

彼はあらためて、本来の年齢である蘭子と香苗を見て、夢のような思い出を振り返った。

とにかく一度目の人生での、悪妻やダメ息子とは完全に縁が切れたようだった。

悪妻は根津課長と所帯を持ち、今頃子供がいるか別れたか、それぞれの人生を歩んでいることだろう。バカ息子に到っては、結局この世に存在しなかったのである。

そして純二は気を取り直して風呂に入り、鏡で六十四歳に戻った自身の肉体を観察した。

顔も体型も、一度目の人生と大差なかった。

特に痛むところもなく一応は健康体らしい。

ただ、この四十年間の記憶が無いので、この世界に順応するには時間がかかるかも知れない。

身体を点検しながら洗うと、ペニスだけは雄々しく突き立ちはじめたではないか。

どうやら、性欲だけは衰えていないようだ。

風呂から上がると、純二は各部屋を見て回り、自分の書斎らしき部屋でパソコンのスイッチを入れた。

コーダを検索すると、輝かしい発展の歴史が書かれていた。

さらにアイドルだった安藤綾子も、今は大女優となって活躍を続けているようだ。

「あなた、大丈夫？」

そこへ、香苗が入ってきて言った。

「うん、この四十年の記憶が飛んでいるんだ。アルバムがあったら見せて欲しい」

「まあ、記憶が？　明日は必ずお医者さんへ行ってね」

香苗は言って引き返し、やがてアルバムを持って入って来た。

見ると、あれから純喫茶『蘭』はスナック『蘭子』となり、純二はボーナスも上がったので香苗と結婚。

未来を知っている彼は社の仕事も順調で、やがてバブル期に入っても純二は貯蓄を欠かさず、やがて香苗もスナックを閉めて、裏の駐車場の土地も買って、屋敷を増築していった。

そして子が出来、娘が婿を取って孫も出来た。

あとで聞くと、当時部長だった佐知子は社長である父親の後を継ぎ、そして引退とともに純二が就任したようだ。

「じゃこの一家は、幸せなんだね?」

「ええ、もちろんよ。あなたのおかげで」

訊くと、香苗が当然のように答えた。

では夫婦仲も良く、娘も孫も反抗期などなく、皆で力を合わせ、理想的とも言える平和で穏やかな家庭を築いてきたようだった。

純二の両親は死んだようだが、兄の一家も元気で幸福に暮らしているらしく彼は安心した。

16

「こっち へ来ないか」

夕食後、純二は寝室で香苗を呼んだ。

夫婦の寝室には、セミダブルとシングルベッドが並んでいる。

「まあ、どうしたの。そんなこと何年もなかったのに」

香苗は驚きながらも、純二の寝ているベッドに来てくれた。

「ほら、こんなに」

純二は手早くパジャマと下着を脱ぎ去り、ピンピンに勃起しているペニスを見せた。

何しろ四十年ぶりに香苗に会うのだ。

当時の蘭子より歳上になっているが、香苗は還暦でも若作りで、乳房や肌の張りは失われていなかった。

「すごいわ、若い頃みたいに……」

香苗も目を輝かせ、手早くネグリジェを脱いでいった。彼女にしてみれば、四十年毎日顔を合わせていただろうに、やはり年齢とともに夫婦の交渉も疎くなり、久々のことで急激に淫気を催したらしい。

「僕は、女性問題で君に迷惑をかけたことはないかな？」

「ええ、一度も無いわ。とっても良い旦那様だって、みんなに羨ましがられるほど」

気になって訊いてみると、香苗が熟れ肌を露わにしながら答えた。

してみると、自分はよほど香苗を大事にしてきたのだろう。

もちろん性欲は旺盛だから、たまには内緒で母親の蘭子や、上司の佐知子などとは交渉を持ち、全く気づかれなかったようだ。

やがて全裸になった香苗を横たえ、純二は上からのしかかってチュッと乳首に吸い付き、舌で転がした。

「アア……」

香苗はすぐにも熱く喘ぎ、クネクネと身悶えはじめた。

長年一緒の夫婦とはいえ、純二にとっては初対面のようなものだ。しかも年の割に香苗は美しいままで、それが彼女の幸福な人生の証しのような気がした。

彼は左右の乳首を交互に含んで舐め回し、さらに腋の下にも鼻を埋め込んだ。

湯上がりの匂いがして、やはり昭和時代とは違い、舌を這わせるとスベスベだった。

純二は白く滑らかな肌を舐め降り、腹部に顔を押し付けて弾力を味わい、豊満な腰のラインからムッチリした太腿へ降りていった。

脚を舐め降り、足首まで行って足裏を舐め、指に鼻を割り込ませた。

ほのかに蒸れた匂いを味わい、爪先にしゃぶりついて全ての指の股に舌を挿し入れて味わった。

「あう、出会った頃みたい……。女房に、そんな丁寧にするなんて……」

香苗がビクリと反応し、驚いたように言った。

やはり一緒に暮らすと忙しいこともあり、長年のうちには愛撫の手抜きもしてきたのだろう。

とにかく純二は、香苗の両足ともしゃぶり尽くし、股を開かせて脚の内側を舐め上げていった。

白く滑らかな内腿をたどり、股間に顔を迫らせると、熱気と湿り気が顔中を包み込んできた。

やがて、指で陰唇を広げて目を凝らした。

17

「アア、そんなに見ないで。何度も見てきたでしょう……」

純二の熱い視線と息を股間に感じ、香苗がヒクヒクと白い下腹を波打たせて喘いだ。

美しい人妻となった娘を産んだ膣口は、濡れた襞を入り組ませてヒクヒクと息づいていた。

包皮を押し上げるようにツンと突き立ったクリトリスも、相変わらずツヤツヤした真珠色の光沢を放っている。

堪らずにギュッと顔を埋め込み、柔らかな茂みに鼻を擦りつけると、湯上がりの熱気に混じり、彼女本来の甘い体臭がうっすらと鼻腔を刺激してきた。

舌を挿し入れると淡い酸味のヌメリが迎え、彼は膣口の襞を掻き回し、ゆっくり味わいながらクリトリスまで舐め上げていった。

「アアッ……」

香苗がビクッと顔を仰け反らせて喘ぎ、内腿でムッチリと彼の両頬を挟み付けてきた。

彼女の、三十代や四十代、五十代の肉体を味わえなかったのは残念だが、その代わり大きな幸福が得られたのだ。

純二は執拗にクリトリスを舐めては、溢れてくる愛液をすすった。

さらに両脚を浮かせ、逆ハート型の白く豊満な尻にも鼻を埋め込んでいった。

蕾に籠もる蒸れた熱気を嗅ぎ、舌を這わせてヌルッと潜り込ませると、

「あう！」

香苗が呻き、キュッときつく肛門で舌先を締め付けてきた。

純二は執拗に舌を蠢かせ、滑らかな粘膜を味わってから、再び割れ目に戻ってクリトリスに吸い付いた。

「ああ……、もうダメよ、いきそう……」

香苗が熱く喘ぎながら言って身を起こすと、彼は入れ替わりに仰向けになっていった。

すると彼女が股間に腹這い、自分がされたように純二の両脚を浮かせ、チロチロと肛門を舐めてヌルッと潜り込ませてきたのだ。

「く……」

彼は快感に呻き、モグモグと香苗の舌先を肛門で締め付けた。中で舌が蠢くと、内部から刺激されるように、雄々しく突き立ったペニスがヒクヒクと上下した。

やがて脚が下ろされると、香苗はそのまま陰嚢にしゃぶり付き、舌で二つの睾丸を転がして袋全体を生温かな唾液にまみれさせた。

そして香苗は顔を進めると、勃起した肉棒の裏側をゆっくり舐め上げてきた。滑らかな舌が先端に来ると、彼女は幹に指を添え、粘液の滲む尿道口をチロチロと舐め回し、張り詰めた亀頭をくわえてスッポリと喉の奥まで呑み込んでいった。

「ああ……」

純二は快感に喘ぎ、唾液に濡れた肉棒を彼女の口の中でヒクヒクと蠢かせた。

香苗も熱い息を股間に籠もらせ、執拗に舌をからめ、顔を上下させてスポスポと強烈な摩擦を繰り返してくれた。

「い、いきそう……」

すっかり高まった純二が言うと、香苗もチュパッと口を離して顔を上げたのだった。

18

「上から入れて」

純二が言うと香苗は前進し、屹立したペニスに跨がってきた。

唾液に濡れた先端に割れ目を押し当て、位置を定めると息を詰め、ゆっくり腰を沈めて受け入れていった。

たちまち彼自身は、ヌルヌルッと肉襞の摩擦を受けて滑らかに根元まで呑み込まれ、互いの股間がピッタリと密着した。

「アア、すごい……」

香苗が顔を仰け反らせて喘ぎ、すぐにも身を重ねてきた。

純二も両膝を立てて豊満な尻を支え、両手でしがみつきながら温もりと感触を味わった。

「すごく久しぶりだわ。でもこんなに硬くなっているなんて……」

香苗が顔を寄せて囁き、純二は甘い吐息に刺激されながら、ピッタリと唇を重ねていった。

柔らかな唇の感触を味わい、舌を挿し入れてからみつけると、

「ンン……」

香苗も熱く鼻を鳴らし、唾液に濡れた舌を蠢かせた。

純二がズンズンと股間を突き上げはじめると、香苗も合わせて腰を遣い、すぐにも互いの動きが一致してリズミカルになった。

溢れる愛液が律動を滑らかにさせ、クチュクチュと湿った摩擦音を響かせた。

「す、すぐいきそうよ」

香苗が口を離して喘ぎ、膣内の収縮を活発にさせた。

純二も激しく股間を突き上げながら急激に絶頂を迫らせ、そのまま昇り詰めてしまった。

「く……」

大きな快感に呻き、熱い大量のザーメンをドクンドクンと勢いよくほとばしらせると、

「あ、熱いわ、いく、アアーッ……！」

噴出を感じた香苗が喘ぎ、ガクガクと狂おしいオルガスムスの痙攣を開始した。

純二は心ゆくまで快感を味わい、最後の一滴まで出し尽くしていった。

満足しながら突き上げを弱めていくと、

「ああ……」

香苗も熟れ肌の強ばりを解いて声を洩らし、力を抜いてグッタリともたれかかってきた。

まだ膣内は名残惜しげな収縮が繰り返され、過敏になった幹がヒクヒクと跳ね上がった。

「あう、ダメ、感じすぎるわ……」

香苗も敏感に反応し、キュッと締め上げながら口走った。

純二は重みと温もりを受け止め、かぐわしい吐息を間近に嗅ぎながら、うっとりと快感の余韻に浸り込んでいった。

「ああ、気持ち良かったわ。まるで、あの頃に戻ったみたい……」

香苗が、とろんとした眼差しで囁いた。

そして彼は、夢のような過去の日々を思い浮かべた。

(いや、もしかしたら)

一度目の人生が夢だったのであり、純二はこれが本当の現実かも知れないと思った。

そうなれば、早く知識を得て新たな記憶を塗り変え、この世界で出来ることをしてゆかなければならない。

そして今の幸福を大事に、来年も頑張ろうと思うのだった。

「淫ら老人日記」―――書下し

「甦れ性春！」―――「東京スポーツ」（二〇二〇年一〇月～一二月）連載を一部修正

しんや　かいしゅんべや
深夜の回春部屋

著者　むつきかげろう
睦月影郎

発行所　株式会社 二見書房
東京都千代田区神田三崎町2-18-11
電話 03(3515)2311［営業］
03(3515)2313［編集］
振替 00170-4-2639

印刷　株式会社 堀内印刷所
製本　株式会社 村上製本所

落丁・乱丁本はお取り替えいたします。
定価は、カバーに表示してあります。

ISBN978-4-576-20131-3
https://www.futami.co.jp/